KB155527

인생잠언

인생잠언

초판 1쇄 인쇄일_2016년 8월 17일
초판 1쇄 발행일_2016년 8월 24일

지은이_손재찬
펴낸이_최길주

펴낸곳_도서출판 BG북갤러리
등록일자_2003년 11월 5일(제318-2003-00130호)
주소_서울시 영등포구 국회대로 72길 6 아크로폴리스 405호
전화_02)761-7005(代) | 팩스_02)761-7995
홈페이지_http://www.bookgallery.co.kr
E-mail_cgjpower@hanmail.net

ISBN 978-89-6495-095-1 03810

이 도서의 국립중앙도서관 출판시도서목록(CIP)은 e-CIP홈페이지(http://www.nl.go.
kr/ecip)와 국가자료공동목록시스템(http://www.nl.go.kr/kolisnet)에서 이용하실 수
있습니다.(CIP제어번호 : CIP2016019533)

평생 잘 사는 종합 삶의 지혜

인생잠언

만능박사 國師堂 손재찬 著

BG 북갤러리

평생 잘 사는 종합 삶의 지혜
인 생 잠 언

모든 사람은 평등합니다. 그러나 삶에 있어서는 결코 모두가 평등하지 못합니다.

모든 사람은 잘 살기를 소망합니다. 그러나 아무나 다 잘 살지를 못하게 됩니다.

삶에는 태어날 때부터 차등과 차별이 생기고, 살아가는 과정에서 끝없이 변화와 변동이 따르게 됩니다. 인생살이는 지은 대로 되받고, 뿌리는 대로 거두게 됩니다.

세상은 관심이 있어야 비로소 보이기 시작하고 행동을 합니다.

세상은 아는 만큼 보이고, 많이 알면 안목이 생깁니다.

세상을 보는 안목이 넓어지고 높아지면 분명히 잘 살게 됩니다.

사람은 ① 육체 ② 정신 ③ 영혼으로 구성되어 있습니다.

사람의 몸속에는 정신과 영혼이 깃들어 있습니다.

영혼은 정신을 이끌고, 정신은 육체를 이끌고 갑니다.

영혼들은 영생불사를 하고, 몸속의 주인공으로 존재를 합니다.

모든 사람은 자기 몸속에 주인공으로 들어와 있는 영혼의 질적인 등급에 따라서 금생에 삶의 등급이 펼쳐지고 그리고 금생의 삶의 질적인 품격과 등급에 따라서 다음 생의 신분과 질적인 등급이 또다시 뒤따르게 됩니다.

사람에게 정신과 영혼이 없다면 짐승들과 똑같이 본능에 따른 삶을 그냥 살다가 생명이 다하면 죽어버립니다.

본능적인 저급한 삶을 사는 사람들은 죽을 때 90% 이상 지옥으로 떨어지고 그리고 그 다음에는 축생으로 다시 태어납니다.

사람의 생김새와 성질 및 성격이 무슨 무슨 동물처럼 닮은 사람들은 모두가 전생이 동물이었고, 금생에는 사람 몸으로 태어난 것입니다.

사람은 생각하는 동물이고, 깨달음에 따른 사리판단력과 정신 및 가치관에 따라서 삶이 질적으로 다르게 펼쳐집니다.

모든 영혼들은 수없이 과거 전생들 때의 삶에 따른 지은 대로의 '인과응보'와 질적인 유유상종의 부모를 만나고, 하늘의 섭리 '인연법칙'에 따라서 몸을 받아 이 세상에 다시 태어나고, 사람으로 살면서 질적인 삶의 등급과 착한 일 선행 여부에 따라 잘 죽고 또는 잘못 죽고 등의 인과응보가 따르면서 '7도윤회법칙'에 따라 태어나기를 반복할

뿐입니다.

자기 자신의 영혼이 과거 전생에 복(福)을 많이 지은 사람은 좋은 부모님을 잘 만나서 '탯줄'을 잘 타고 이 세상에 잘 태어나고, 자기 자신의 영혼이 과거 전생에 죄(罪)를 많이 지은 사람은 안 좋은 부모님을 만나서 탯줄을 잘못 타고 이 세상에 잘못 태어나서 평생 동안 자기 전생과 자기 조상의 벌을 받으면서 고생을 많이 하게 됩니다. 이것을 우리는 하늘자연의 섭리 '업(業)'이라고 일컫습니다.

인과응보와 천륜의 인연법칙에 따른 탯줄은 또다시 DNA 유전인자 '핏줄운내림작용법칙'에 따라 그 자식들은 그 부모의 운(運)을 90% 이상 점차로 닮아가게 됩니다. 부모와 자식 사이의 유전자 검사는 99.99%까지 일치합니다. 가장 큰 질병인 암과 불치병 및 난치병들은 핏줄유전과 나쁜 식생활습관의 원인, 즉 결과에 따른 인과응보가 90%입니다.

모든 사람은 자기 영혼의 과거 전생과 자기 부모님의 DNA 유전인자 핏줄 내림의 인과응보적 운(運)을 타고 태어나고, 타고난 생(生)년·월·일·시의 사주는 그 사람의 평생 동안의 인생진행이 이미 90%가 '프로그램화'되어져 버리는 것입니다.

이 세상에 태어날 때 '탯줄'을 잘 타고 난 것은 가장 큰 복(福)입니다.

사람의 운명은 타고난 사주에 따라서 이미 '프로그램화'되어 있기 때문에 각종 사고들과 큰 질병 및 불운들은 결코 피할 수 없는 것입니다. 사주팔자를 잘 타고 난 사람만 마음대로 잘 되는 것입니다.

이 책의 내용에는 전생과 조상 및 운(運) 얘기가 많이 펼쳐집니다.

또한 21세기 현대사회는 '불확실시대'가 분명합니다. 각종 사고와 위험 그리고 위기들이 날벼락처럼 많이 발생합니다.

현대사회의 총체적인 위험과 위기들 속에서 의료기술의 발전으로 오늘날의 사람들은 100살까지 살아가는 '100세시대'이기 때문에 사람들은 누구나 질병의 고통 없이 100살까지 잘 살기를 소망합니다. 그러나 대학병원 및 동네 의원이나 치료요양소에 가보십시요! 불치병과 난치병 및 귀신병과 정신병 등 각종 질병으로 고통받고 있는 환자들이 너무나 많다는 진실과 현실을 실감나게 느끼실 것입니다.

또한 모든 사람은 사랑과 연애 및 행복한 결혼을 다 소망합니다. 그러나 사랑과 연애 한 번 못해보거나 또는 현재 4명 중 1명은 이혼을 당하는 불행한 시대이고, 혼자 밥을 먹는 사람들이 너무나 많습니다.

또한 황금만능주의와 자본주의 현대사회에서 돈 많은 사람이 너무나 많은데 가난한 사람들이 더 많다는 진실과 현실을 실감나게 느끼실 것이고, 가난의 고통도 실감나게 느끼실 것입니다.

모든 사람은 성공출세와 부자가 되길 다 소망합니다. 그러나 그것을 성취하고 누리는 사람은 극히 소수입니다.

잘 사는 것을 누구나 소망하지만, 아무나 이룰 수는 없습니다.

"세상은 아는 만큼 보이고, 자신의 능력만큼 살아간다."

하늘우주자연에는 섭리와 순리가 있고 작용법칙들이 있습니다.

일반 보통사람들의 눈에는 안 보인다고 해서 또는 자기의 눈에는 안 보인다고 해서 분명히 존재하는 것들이 없다고 하면 안 됩니다.

신(神)이 분명히 존재하는데 없다고 하면 안 됩니다.

영혼과 혼령이 분명이 존재하는데 없다고 하면 안 됩니다.

공기와 기운이 분명히 존재하는데 없다고 하면 안 됩니다.

진리가 분명히 존재하는데 없다고 하면 결코 안 됩니다.

이 우주자연 속에서 보통 일반사람들의 눈으로는 볼 수 없는 세계 및 저승세계와 존재물들이 볼 수 있는 것보다 훨씬 더 많이 존재하고 있음을 확신하는 바입니다.

또한 21세기는 글로벌시장경제와 자본주의체제입니다.

우리가 지금 살고 있는 글로벌시장경제와 자본주의체제에서는 반드시 많이 알아야 하고, 또한 죽지 않고 잘 살려면 강해져야 하고, 강해지려면 세상물정을 많이 알아서 안목을 키워야 합니다.

21세기 현대사회와 제4차 산업혁명이 일어나고 있는 무한경쟁의 시대에서는 앞날을 내어다보는 통찰력으로 미래의 새로운 산업을 알아야 하고, 새로운 산업과 미래사회에 알맞은 공부를 잘 준비해야 하고, 무역과 금융을 알아야 하고, 주식거래의 증권시장과 부동산시장 등을 많이 알아야 하고, 반드시 실력과 능력을 키워야 합니다.

세상살이는 반드시 경제를 알아야 하고, 판매 및 영업과 사업을 알아야 하고, 저금리시대에서는 각종 투자를 잘 할 줄 알아야 합니다.

또한 크게 하든 작게 하든 영업장사와 사업 및 기업을 잘하려면 경영 및 운영을 잘 알아야 합니다.

또한 사업과 경영을 잘 하려면 재무제표를 볼 줄 알아야 합니다.

또한 민법·상법·형법 등 기본 법률을 조금씩은 알아둬야 합니다.

또한 젊어서 죽을 때까지 평생 재테크를 잘 할 줄 알아야 합니다.

또한 100세시대에는 질병예방의 건강법을 잘 알아야 합니다.

또한 자기 영혼구원의 종교와 최고 기도법을 꼭 알아둬야 합니다.

현재 21세기는 날벼락이 많은 '불확실시대'가 분명합니다.

"세상은 아는 만큼 보이고, 능력만큼 살아간다"

최고 불확실시대인 21세기의 현재는 글로벌의 총체적인 위기들(경제위기·금융위기·외환위기·정치위기·자연재앙위기·바이러스전염병위기·테러위기·전쟁위기 등)과 생명의 위험들 속에서 우리는 잘 사는 방법과 해법들을 반드시 알아둬야 합니다.

이 책은 세상과 삶의 전반적인 핵심을 추려서 잘 살기 위한 지식전달과 정보들을 많이 잘 가르쳐줍니다.

이 책은 하늘의 천기(天氣)를 통달한 한국 최고의 점술가 도사(道師) 겸 인문학·철학·종교학·경제학·경영학 그리고 NGO학 등을 두루 섭렵하고, 이론과 실천에서 아주 해박한 만능박사 國師堂 손재찬 선생이 평생 동안 직접 저술한 30권의 책들 중에서 좋은 가르침의 문구들과 어록만을 뽑아서 소책자로 엮은 '평생 잘 사는 종합 삶의 지혜 인생잠언' 모음입니다.

이 책에 실은 인생잠언들은 경험실용지식들입니다.

이 책에 실은 인생잠언들은 천기누설들이 많습니다.

이 책에는 세계 최초로 공개하는 내용들이 많이 실려 있습니다.

이 책은 퍼스널 MBA 박사과정보다 더 실속있습니다.

이제부터 《인생잠언》을 읽으면서 삶의 기술을 읽히시길 바랍니다.

다음에 쭉~ 열거하는 '인생잠언'들은 시간·공간·나이·신분·이념·종교 등을 모두 초월해서 읽어주시길 바라고, 이 책은 불특정 다수를 상대로 수위조절을 해서 편집을 하였는바, 이 책을 읽는 독자분들은 색연필 등으로 표시를 해가면서 그리고 정독으로 천천히 꼭 한 번씩 잘 읽어보고 평생 동안의 삶에 도움이 되길 진심으로 바라는 바입니다.

- 현대사회는 무식한 노력만으로는 결코 성공할 수가 없다.
- 우주자연의 절대변화법칙과 운명작용법칙을 꼭 알아야 한다.
- 나이가 9수와 삼재수에 걸릴 때는 운때가 나쁘니 최고로 조심하라.
- 사고발생·손해·실패·이혼·관재수·죽음은 '나쁜 운때'에 당한다.

- 이사를 갈 경우에는 방위를 가려서 꼭 '손 없는 방향'으로 가라.
- 날짜를 택일할 경우에는 반드시 생기복덕천의 '길일'을 선택하라.
- 아기탄생돌·결혼식·칠순·팔순 등 잔치는 좋은 날을 택일하라.
- 개업식·착공식·준공식·기념식 등 행사는 좋은 날을 택일하라.
- 건물·공장·집을 짓거나 묘소를 쓰고는 '3년 동안'을 조심하라.
- 이사를 하거나 이장·화장·장례를 하고는 '1년 동안'을 조심하라.
- 조상묘소와 납골탑은 좋은 명당터와 좋은 방향을 잘 선택하라.
- 묘터는 뒤쪽을 잘 살피고 집터는 앞쪽을 잘 살펴라.
- 명당터에 묘를 쓰거나 집을 지으면 '즉시 발복'이 이루어진다.
- 명문가들은 모두 명당터에 집을 갖거나 선영을 잘 모시고 있다.
- 명문가들은 조상 선영을 잘 모시고 제사의 제각까지 갖추고 있다.
- 명문가들과 종가집들은 대대로 조상을 잘 받들고 살아간다.
- 명문가가 되고 싶거든 조상 묘소에 돌제단과 석등을 꼭 세워라.
- 명문가가 되고 싶거든 집 앞뜰과 출입구에 석등을 꼭 세워라.
- 모든 종교의 성소에는 금촛대를, 출입구에는 석등을 꼭 세워라.
- 금촛대와 석등은 영원한 불밝힘의 '빛'을 상징한다.
- 사람은 관심이 있거나 또는 찾고 있는 것만 보인다.
- 사람의 뇌는 한 번 관심을 가지면 스스로 계속 '의식'을 하게 된다.
- 세상은 관심이 많고 깊을수록 더욱 잘 보이고 잘 살게 된다.
- 세상은 찾고, 두드리고, 행동을 할수록 더욱 성공을 한다.

- 좋은 땅을 선점하는 사람은 반드시 성공출세와 부자가 된다.
- 부동산은 용도별 가치와 수요·공급에 따라 값이 매겨진다.
- 대한민국의 국토는 세계물류의 부동산공학에서 위치가 참 좋다.
- 대한민국의 국토면적은 약 10만 ㎢이고, 해상의 섬은 약 3,600개이며, 사람이 살고 있는 섬은 약 500개이고, 공유수면 매립이 계속 진행 중이다.
- 국토의 개발은 용도에 따른 수요·공급과 물류의 효율성을 위해서는 도시 주변과 항구 주변을 '계획복합개발'로 진행해 나아가라.
- 국토의 개발은 10년 계획과 5년 단위로 조정을 하고 있다.
- 부동산투자는 먼저 땅을 살피고 다음으로 건물을 살펴라.
- 부동산투자는 먼저 지역을 살피고 다음으로 개별물건을 살펴라.
- 부동산의 가치는 도로접도와 도로폭 그리고 위치가 중요하다.
- 부동산투자는 활용성·접근성·편의성·쾌적성·조망성·환금성·가치성 등 일반적 '대중선호도'가 좋은 것을 꼭 선택하라.
- 화재와 소방차 접근이 불리한 골목길집 또는 초고층집은 피하라.
- 앞쪽에 나대지공터 또는 노후 건축물이 있는 곳은 반드시 피하라.
- 기존에 있는 집의 앞쪽에 새 건축물이 들어서면 낭패를 당한다.
- 부동산투자는 매매차익 또는 임대수요가 많은 것을 잘 선택하라.
- 땅투자는 반드시 도로변이나 새로운 도로가 뚫리는 곳 개발이 예상되는 곳을 남보다 먼저 '선점'을 잘하라.

- 부동산투자는 신문광고나 기획부동산권유에는 절대로 속지 말라.
- 부동산투자를 할 경우에 지역·지구·구역 등이 지정되어 있는 곳은 각종 행위제한이 많으니 잘 따져보고 조심을 하라.
- 부동산투자는 정책결정정보와 개발계획정보를 항상 주시하라.
- 정부의 경기부양책은 '반짝효과'만 나타날 뿐이다.
- 투자는 수요공급의 예상과 장기적 개발계획 등을 잘 분석하라.
- 부동산투자는 '토지이용계획확인서'를 발급받아 그 내용을 살피고 '지적도'를 발급받아 경계와 도로 및 도로계획선을 꼭 확인하라.
- 부동산투자는 '자기 집' 마련부터 최우선으로 먼저 하라.
- 집을 살 경우에는 주위환경·조망·햇볕·바람·교통을 잘 살펴라.
- 미래투자 겸 주거용 아파트 분양은 인구감소 진행과 핵가족 등의 수요 예측에 따라서 '소형'을 선택하고, 반드시 '일조권 및 조망권' 과 편리성을 잘 살펴라.
- 가정집은 층호 숫자·안방·거실·주방·화장실·대문을 잘 살펴라.
- 단독주택과 건물의 대문은 서쪽과 북쪽이 나쁘니 반드시 피하라.
- 터 기운이 쎈 곳 도깨비터에는 가정집을 절대로 짓지 말라.
- 땅속에 수맥이 통과하는 곳에는 어떠한 건축물도 짓지 말라.
- 상업을 하는 가게는 비탈진 지대와 높은 지대는 꼭 피하라.
- 상업을 하는 부동산은 물류의 중심 쪽 '목 좋은 곳'을 선택하라.
- 아파트단지의 입주와 입점은 1천 가구 이상이어야 효율적이다.

- 상가는 역세권·큰길가·평지·유동인구·주차편의 및 접근성과 발전하는 지역 및 상가운영관리가 잘 되는 곳을 잘 선택하라.
- 집합건물상가 또는 다중시설상가는 '출입구 근처'가 가장 좋다.
- 일반 모든 상가는 1~2층이 가장 비싸고 장사가 잘된다.
- 상가는 지역과 층별 여건을 감안한 '업종선택'이 가장 중요하다.
- 일시적으로 유행을 타는 부동산투자는 '과잉'으로 손해를 조심하라.
- 상가투자는 발전지역과 활성화 가능성이 높은 곳을 선택하라.
- 모든 상가는 처음 활성화에 실패하면 10년 동안을 손해 본다.
- 부동산주인들은 관리운영의 부실징후가 보이면 즉시 매도를 하라.
- 부동산과 관련해서는 '등기부'를 꼭 확인하고 주인과 계약하라.
- 잔금 지급 날은 모든 서류를 돌려받고 돈 지급을 동시에 행하라.
- 부동산의 매매 또는 임대차계약서에 '특약사항'을 잘 써 넣어라.
- 부동산에 딸린 부합물과 종물은 '주물'의 권리처분에 따라간다.
- 집합건물은 건물이 주물이고, 땅은 '대사사용권'으로 종물이다.
- 부동산을 살 경우 압류·가등기·가처분이 있으면 꼭 피하라.
- 부동산의 임차인은 전세등기 또는 확정일자를 꼭 해두어라.
- 큰 건물 및 복잡한 건물 등의 임대인은 '제소전화해조서'를 해두어라.
- 제소전화해조서는 확정판결 같은 효력으로 쉽게 명도를 받는다.
- 집·건물·상가 등 이해관계가 복잡한 곳에는 투자를 하지 말라.
- 공동소유물은 다수 지분 및 과반수 이상자가 '관리권'을 가진다.

- 집을 부부공동소유로 등기를 하면 절세와 상호신뢰가 좋아진다.
- 한 집안의 가장은 반드시 최고로 좋고 '큰 방'을 꼭 사용하라.
- 집주인은 최고로 중요한 층 또는 가장 큰 공간을 꼭 사용하라.
- 부동산은 가장 안전하고 귀중한 평생 동안의 '자기자산'이다.
- 미래의 건축물은 모두 심각한 기후변후에 대한 '에너지 효율성'을 잘 준비하라.
- 미래의 도시개발은 모두 '환경도시' 개념으로 바꾸어라.
- 가난은 모든 악과 불행의 근원이고, 지난날의 업보이다.
- 돈은 스스로 선과 악 그리고 행복과 불행의 근원이 된다.
- 돈은 사용방법에 따라 천사역할과 악마역할을 한다.
- 돈은 삶을 유지하고 자아실현을 위한 절대 '필요조건'이다.
- 돈은 인간의 품격과 자존심을 세워주고 '인간답게' 살게 해준다.
- 부자는 돈의 주인님이 되지만 가난뱅이는 돈의 노예가 된다.
- 가난 때문에 범죄·이혼·자살·고통·굴욕·불행 등을 겪는다.
- 필자는 현재 종교인이지만 이 책에 '경제부분'을 많이 할애한다.
- 자본주의 경제체제에서는 경제와 돈이 중요하기 때문이다.
- 악착같이 돈 벌어서 폼 나게 살아보고 '인간대접'을 꼭 받으라.
- 필요한 만큼의 돈과 재산이 있어야 자유와 행복을 누린다.
- 돈을 벌려면 우선적으로 땀 흘려 '자기본업'에 최대한 충실하라.
- 돈을 벌려면 반드시 목표와 계획 그리고 준비를 철저히 하라.

- 돈을 벌려면 우선적으로 '재테크공부'부터 반드시 시작하라.
- 모든 여성과 주부는 살림살이 경제와 재테크를 꼭 공부하라.
- 재테크 공부와 자산관리는 일찍부터 평생 동안을 계속하라.
- 재테크를 하려면 금융·주식·부동산 그리고 운을 알아야 한다.
- 재테크를 하려면 시장예측에 따라 집중과 분산투자를 잘하라.
- 기준금리는 경기가 좋을 때는 인상을 하고, 나쁠 때는 인하를 한다.
- 기준금리를 인상하면 이자증가로 기업과 가게는 부담이 많아진다.
- 기준금리를 인하하면 이자부담이 줄어들고 투자가 많아진다.
- 국가의 기준금리정책은 반드시 '선제적'으로 운용하라.
- 예금과 적금의 금리투자는 복리상품과 장기투자를 계속하라.
- 모든 금융의 복리이자는 기간과 수익률에 따라 더블로 늘어난다.
- 은행의 복리이자·세금우대·비과세·특판 상품을 항상 주시하라.
- 재테크의 기본은 우선 최대한의 저축으로 '종자돈'을 꼭 만들어라.
- 종자돈을 만들려면 최대한 수입을 늘리고 '통장관리'를 잘하라.
- 통장관리는 ① 공과금납부 자동이체통장 ② 목돈마련용 통장 ③ 투자돈 관리용 통장 ④ 사업등록자의 신고용통장 ⑤ 예비자금용 통장 등 3~5개로 분류를 잘하라.
- 연금상품은 복리구조이고 장기구조이니 누구나 일찍부터 평생 재테크와 노후준비로 반드시 '연금 가입'을 꼭 해 두어라.
- 고등재테크로 큰돈을 벌려면 금융공부와 금융투자를 잘하라.

- 미국 국가와 기업들의 전체수익 중 약 절반은 '금융수익'들이다.
- 금융은 자본주의 시장경제의 두뇌이고 엔진이다.
- 금융세계화는 혜택과 위험을 항상 함께 내포하고 있다.
- 금융시장은 도둑과 야수들이 들끓는 정글과도 같다.
- 금융시스템은 제대로 작동되면 모든 경제 분야에 혜택을 주고, 잘 못 작동되면 엄청난 재앙을 불러온다.
- 금융과 경제의 위기는 '순환반복법칙'에 따라 계속 발생한다.
- 금융위기는 금융회사의 신뢰가 무너질 때 발생하는 것이다.
- 금융위기는 ① 은행위기 ② 외환위기 ③ 외채위기 ④ 체계적 금 융위기 등으로 나눈다.
- 은행위기는 뱅크런(예금인출사태)현상이 발생하는 것이다.
- 외환위기는 통화가치폭락 등이 발생하는 것이다.
- 외채위기는 외국에서 빌린 채무를 갚지 못하는 것이다.
- 체계적 금융위기는 금융중개기능에 일시적 심각한 문제가 생기면 서 실물경제에까지 위기가 파급되는 것이다.
- 경제위기는 ① 금융위기 ② 재정위기 ③ 실물경제위기 등이다.
- 어느 국가에 금융위기 또는 외환위기 등이 발생하면 핫머니와 헤지 펀드 등이 일시에 공격을 감행하고 수익을 챙기고 빠져나간다.
- 핫머니는 투기적 이익을 위해 글로벌 금융시장을 이동하는 단기 자금이다.

- 모든 국가는 금융위기나 외환위기에 철저히 '대비'를 잘하라.
- 외국자본이 개입된 금융위기는 '환율위기'로 나타난다.
- 외국자본이 빠져 나갈 때는 달러 등 외환으로 바꾸기 때문이다.
- 모든 사람은 이익과 손해 그리고 공포 때문에 스스로 움직인다.
- 모든 국가와 기업은 '이해득실'로 의사결정 및 행동을 취한다.
- 모든 문제는 '이해득실'로 규명을 하면 해결이 잘 된다.
- 외국의 자본들은 대체로 타국가의 정부를 신뢰하지 않는다.
- 경제상황이 악화되면 도덕적 해이와 역선택 현상이 더욱 심해진다.
- 수출이 나빠지면 각국은 자국화폐를 절하하는 '환율경쟁'을 벌인다.
- 양적완화정책은 임시적이고 단기적인 '응급수단'일 뿐이다.
- 유동성증가는 부동산과 주식시장에 '자산거품'을 키운다.
- 초저금리정책은 자본남용과 투자왜곡을 초래한다.
- 마이너스 금리정책은 마지막 사용의 '비상수단'일 뿐이다.
- 불안정한 통화를 가진 나라의 국민들은 '외화'를 더욱 선호한다.
- 개발도상국의 부자들은 선진국의 금융기관을 더욱 신뢰한다.
- 국가·기업·개인에게 금융지식과 금융투자는 정말로 중요하다.
- 금융공학이 앞선 미국 경제는 파생금융 때문에 망하지 않는다.
- 달러가 세계 제1 기축통화인 미국경제는 결코 망하지 않는다.
- 세계최대의 인구와 채권국가인 중국은 결코 망하지 않는다.
- 그러나 재정적자가 계속되면 국가도 기업도 결국 어려워진다.

- 고등재테크로 큰돈을 벌려면 주식공부와 주식투자를 잘하라.
- 주식을 살 때는 기업의 '내재가치' 발견을 가장 중요시하라.
- 저평가된 주식과 가치주·성장주·우량주·배당주를 중요시하라.
- 주식과 선물 투자는 예측도 중요하지만 '대응'은 더욱 중요하다.
- 수익포지션에서는 장타로, 손실포지션에서는 단타로 매매하라.
- 선물시장은 90%의 수익이 10%의 투자자에게 돌아간다.
- 선물거래는 주식·채권·통화·원자재 등 다양한 기초상품을 '미래 일정시점의 정해진 가격에 사고팔기로 약속한 것'으로 선물거래소를 거쳐 이루어진다.
- 선물시장은 제로섬게임의 도박이니 일반인은 결코 뛰어들지 말라.
- 주식과 모든 투자는 기본적 분석과 기술적 분석을 함께 하라.
- 주식시장의 폭락, 폭등의 널뛰기장에서는 '공매도'을 적극 활용하라.
- 공매도란 특정기업의 주가가 하락할 것으로 예측을 하고 주식을 빌려서 판 뒤 주가가 내려간 뒤에 되사서 갚는 '투자기법'을 가리킨다.
- 주식투자는 다우이론·주기이론·갠이론·파동이론·카오스이론·역발상이론·차트이론·이동평균선이론 등을 잘 알아야 한다.
- 주식과 투자를 할 때는 대상의 '재무와 상황'을 꼭 파악하라.
- 기업 또는 회사를 알려면 ① 재무제표 ② 손익계산서 ③ 현금흐름표 ④ 경영자의 운 ⑤ 평판 등등 '종합분석'을 잘 해야 한다.
- 모든 투자는 투자대상의 장점과 단점을 정확히 파악을 잘하라.

- 투자대상을 파악하지 못할 경우에는 절대로 투자를 하지 말라.
- 자기 자신이 모르는 분야나 이해를 못하거든 투자를 하지 말라.
- 파생금융수단의 운용방법을 이해 못하면 대 파국을 초래한다.
- 유행을 쫓는 투자는 '과잉'으로 손해와 실패를 당하니 꼭 피하라.
- 모든 실패는 불합리성 및 무지함과 원칙을 어긴데서 비롯된다.
- 투자에 성공하려면 맡기지만 말고 스스로 공부하여 '관리'를 하라.
- 투자에 성공하려면 자신만의 노하우 전략과 기술을 꼭 갖추어라.
- 모든 투자는 투자대상의 '내재가치'에 있으니 기업의 신기술개발과 재무상태 및 경영상황 등을 반드시 직접 살펴라.
- 신기술개발 특허로 '핵심지적재산권'을 확보한 강소기업과 벤처기업을 발굴하고 주시하여 남보다 앞선 투자를 잘하라.
- 항상 세계경제와 환율·금리·증시의 '추세흐름'을 잘 관찰하라.
- 모든 시장은 추세에 따라 움직이고 '평균지수'는 모든 것을 나타낸다.
- 시장은 추세가 형성되면 지속이 되고 외부요인이 발생하면 또다시 추세전환이 일어난다.
- 외부요인으로 추세전환이 생길 때마다 '역발상'의 투자와 투기로 차익과 큰 수익을 얻고 또다시 얻으라.
- 통찰력의 반대이론 '역발상기술'은 큰 수익을 얻는 방법이다.
- 증시의 조정은 주식을 적정가격으로 매입할 수 있는 좋은 기회이고, 증시의 폭락은 주식을 헐값에 매집할 수 있는 절호의 기회이다.

- 국제사회의 큰 이슈와 예고 및 위기에 따라서 항상 '저가매수와 고점매도'를 꾸준히 잘하라.
- 글로벌사회 세계 곳곳의 '폭락장'만 찾아다녀라.
- 폭락장세는 곧 폭등장세로 바뀌고 '큰수익'을 얻는다.
- 21세기는 '사모펀드'가 대세이고, 투자는 '타이밍'이 가장 중요하다.
- 위기란 준비된 자에게는 기회이고, 준비 안 된 자에게만 위험이다.
- 모든 위기는 위대한 혁신과 창조의 발상지 역할을 한다.
- 모든 것은 위기가 없으면 현실에 안주할려는 습성이 된다.
- 위기의식을 느끼거든 철저히 분석해서 과감히 행동을 하라.
- 모든 투자와 싸움을 할 때 자기 자신의 감정과 심리를 다스릴 줄 아는 사람은 반드시 이득을 보고 이길 수 있다.
- 과감한 손절매와 용퇴 및 후퇴도 훌륭한 '전략기술'이다.
- 투자나 일을 할 때 실수했음을 깨달으면 즉시 '수정'을 하라.
- 스스로 깨닫고 수정과 보완을 하는 사람은 반드시 발전한다.
- 이 세상 모든 것은 반드시 변화의 '순환법칙'이 따른다.
- 모든 경제시장은 거품의 대호황 직후에는 반드시 불황이 따른다.
- 경제적 거품이 터질 때는 과도하게 평가된 자산들이 우선적으로 붕괴와 폭락이 되고 다시 불황으로 바뀐다.
- 증시가 최고점을 찍으면 미련 없이 1~2년간 휴식을 취하라.
- 증시가 최저점을 찍으면 또다시 시장에 참여를 시작하라.

- 준비와 다음 기회를 기다리는 '시간투자'는 고도의 전략기술이다.
- 어떤 위험이 오더라도 자금과 자산을 잘 관리해 나아가라.
- 오랜 세월 자금과 자산을 늘리려면 더 넓고 더 길게 바라보라.
- 모든 시장과 경제 및 경기는 영원한 호황도 영원한 불황도 없다.
- 한국경제는 당장 '신성장산업'을 새로이 육성하고 또 육성하라.
- 신성장산업이 주력산업으로 되려면 20~30년이 걸린다.
- 신성장산업을 육성하려면 핵심기술확보와 전문인력 양성이 필요하고, 모든 대학교육의 '특성화'와 '산학연계'가 필요하다.
- 취업난 해소와 문화 및 기술 강국을 위해서는 예체능 및 이공계열 교육을 확대, 지속시켜라.
- 한국은 문화 강국과 기술 강국이 되어야 살아 남는다.
- 한국경제의 재정상태는 복지 등으로 점점 재정 악화가 계속된다.
- 한국경제는 2011년부터 10년 이상 '저성장'이 계속된다.
- 한국은 수출국가이니 글로벌경쟁력을 위해 철강·조선·건설·화학·전자 등의 제조업은 합병 등 '구조조정 및 구조개혁'을 꼭 하라.
- 한국산업의 철강·조선 등 중공업의 문제는 '설비과잉'이 본질이다.
- 글로벌 기업은 글로벌 시장의 점유율과 영업 이익률이 중요하다.
- 한국경제는 강력한 구조조정을 못하면 금융과 경제의 위기가 오고, 코스피는 전고점대비 40% 폭락한다.
- 한국경제는 현재 한계기업·좀비기업의 부채와 가계부채 그리고 공

기업부채와 정부부채가 역사 이래 최고치로 너무나 위험하다.

- 한국경제는 현재 '다중채무자'가 너무 많고 다중채무자들은 이자와 빚을 추가대출로 돌려막고 있는 중이다.

- 미국의 금리인상으로 한국의 기준금리가 오르게 되면 담보대출이 많은 사람들은 '복합충격'으로 너무나 위험하게 된다.

- 특히 정부정책으로 사상최저금리 때 신규 고분양아파트 구매자들은 2~3년 후 집값 하락으로 '집 가진 가난뱅이'가 된다.

- 한국정부는 약 100개의 한계 좀비기업들과 다중채무자들을 신속하고, 과감하고, 슬기롭게 정리를 잘하라.

- 글로벌경쟁과 시장경제에서는 '수요공급의 법칙'을 따라야 하고, 정부는 예측과 기술로 정책을 잘 세워야 한다.

- 모든 상품의 절대가격요인은 '수요공급의 법칙'이다.

- 한국은 베이비붐세대의 은퇴·인구고령화의 빠른 진행·생산력 인구의 감소 그리고 상품공급은 과잉상태이다.

- 또한 한국기업은 미국과 독일 기업의 '기술력'을 못 이긴다.

- 또한 한국기업은 중국기업에 글로벌 시장에서 '경쟁력'을 계속 빼앗긴다.

- 또한 한국기업과 정부는 '금융기술'이 선진국을 못 따라간다.

- 한국기업이 글로벌 시장에서 살아남으려면 앞으로 5년이 중요하고, 앞으로 10년은 더욱 중요한 '골든타임'이다.

- 앞으로 10년 동안에 글로벌 산업의 본질이 파괴되어버리고 새로운 하이테크의 '미래산업'들이 펼쳐진다.
- 앞으로 10년 동안에 엄청난 기술변화와 혁신으로 판이 바뀐다.
- 글로벌 경쟁에서의 승자는 '미래판'에 올라탄 사람들이다.
- 21세기의 '패러다임 전환기'에는 주저할수록 '몰락'을 당한다.
- 한국기업은 글로벌 시장에서 '발상의 전환'을 꼭 가져라.
- 한국기업은 과거에 집착말고 '미래산업'에 투자를 하라.
- 미래산업은 물리적 결합과 화학적 융합을 시도하라.
- 새로운 결합과 융합으로 더 좋게 상품을 '재탄생'시켜라.
- 미래사회는 결합과 융합으로 모든 경계가 파괴된다.
- 미래사회는 지식의 경계·언어의 경계·자본의 경계·가상과 현실의 경계·산업의 경계·국경의 경계 그리고 조국의 개념까지도 모두 '생산적 파괴'가 된다.
- 21세기는 '생산적 파괴'로 새로운 창조와 재창조시대이다.
- 21세기는 기업간의 또는 국가간의 '생존경쟁'이 더욱 강화된다.
- 정부는 기업들이 산업활동을 잘 할 수 있다록 도와야 한다.
- 노동자들도 기업경영을 잘 할 수 있도록 적극 도와야 한다.
- 일자리 창출과 계속 일할 수 있도록 해주는 것은 '기업'들이다.
- 기업이 도산을 하면 일자리 자체가 없어져 버리는 것이다.
- 한국 정부는 '무상복지정책'을 없애고 땀흘려 일을 하게 하라.

- 무상복지정책은 '거지근성'으로 만들어가는 '나쁜 정책'이다.
- 경제성과 합리성이 없는 정책개발 및 집행자는 나쁜 사람이다.
- 한탕주의식 졸속법안 발의와 대선공약 남발자는 나쁜 사람이다.
- 한국의 가장 큰 정책 실패들은 ① 남북전시상황에서의 군복무기간 단축 ② 영토 땅덩어리가 작은 상황에서의 지방자치제 ③ 글로벌경쟁 상황에서의 국가 핵심정부청사 및 공공기관 지방이전 ④ 영세 자영업자가 더 어렵고 직장 월급자가 더 유리한 상황에서의 각종 특혜 ⑤ 생산 효율성이 낮은 상황에서의 주 5일 근무의 빠른 실시 그리고 경제성을 무시한 정치논리의 수많은 각종 정책 남발 등이다.
- 한국은 현재 1인당 국민소득 2만 달러가 10년 이상 계속이다.
- 한국은 현재 국가 전체의 부채가 약 4,700조 원으로 최고치이다.
- 한국은 현재 주력산업은 쇠퇴를 하고 있고, 신성장 산업은 준비를 못하고 또다시 신흥국의 금융위기와 경제위기 상황에서 어려움에 처하고 있다.
- 반전의 가장 큰 대안은 '남북통일'을 하루빨리 하는 것이다.
- 국가재정의 소모적 군사비를 줄이고 그 돈을 생산적 산업활동에 잘 쓰는 것이다.
- 국가의 총체적 구조 조정을 하고 '새로이 판'을 짜는 것이다.
- 한류문화를 계획·전략적으로 더욱 발전, 확대시키는 것이다.
- 조금 늦더라도 지금부터 '미래산업'으로 곧장 출발하는 것이다.

- 정치 지도자들은 강력한 '정치력'을 발휘해야 한다.
- 초당적인 시장 친화적 경제 정책을 적극 펼쳐야한다.
- 다시금 새마을운동 정신과 금모으기운동 정신을 닮아야 한다.
- 총체적 위기 앞에서는 국가와 국민 그리고 기업이 뭉쳐야 한다.
- 국민 전체가 정신개벽과 의식혁신을 꼭 일으켜야 한다.
- 지금은 글로벌 총체적 위기가 밀물처럼 다가오고 있다.
- 모든 미래는 '미래징후'를 나타내면서 우리에게 다가온다.
- 미래징후를 알기 위해서는 책과 뉴스 등에서 '정보'를 수집하라.
- 미국이 금리인상을 하면 신흥국들은 외환위기·금융위기가 온다.
- 개인과 기업 및 정부는 저성장과 장기침체를 적극 '대비'하라.
- 귀중한 삶을 성공하려면 '인생의 포트폴리오'를 잘 짜라.
- 경제적으로 잘 살려면 '자산의 포트폴리오'를 잘 짜라.
- 자산의 포트폴리오는 부동산·주식·예금·보험·연금 등이다.
- 자산의 포트폴리오는 투자대상의 다변화·투자대상별 비중조절·
  자금투여속도조절·레버리지조절·변화의 대처 등을 잘 하라.
- 세계경제와 국가경제의 경기흐름에서는 대체로 주식시장이 먼저 움
  직이고 다음으로 부동산시장이 따라 움직인다.
- 경제운용과 자본투자는 종합적인 냉철한 분석과 예측을 잘하라.
- 돈은 국가별 저금리에서 고금리 쪽으로 또는 투자수익이 낮은 쪽
  에서 높은 쪽으로 스스로 움직인다.

- 국가간의 기준금리·환율·외국 자본 유출입 등을 항상 살펴라.
- 재테크로 부동산과 주식에 직접투자와 간접투자를 잘하라.
- 간접 투자 리츠와 펀드 등은 가입시점과 환매시점이 중요하다.
- 펀드는 ① 자산운용사 ② 판매사 ③ 수탁금 관리사가 관여한다.
- 펀드는 '자산운용사'가 가장 중요하니 자산운용의 능력파악과 운용사별 대표상품 또는 수익률 등급이 높은 상품에 가입을 잘 하라.
- 일반적으로 펀드가입과 주식투자는 종합주가지수가 가장 낮을 때 또는 폭락 직후나 아주 저평가 때만 투자와 가입을 잘하라.
- 외부충격으로 종합주가지수가 반 토막 날 때는 꼭 펀드가입과 직접 주식투자를 해 두는 등 무조건 '올베팅 투자'를 해 두어라.
- 주식시장과 펀드는 폭락직후에는 반드시 폭등이 찾아온다.
- 종합주가지수가 폭등을 하거나 또는 꼭지가 될 때는 절대로 펀드가입을 하지 말고, 가입해 둔 펀드는 환매신청을 해 버려라.
- 펀드환매신청은 종합주가지수흐름을 당분간 주시하면서 기준가와 수익률이 최고 높을 때 환매신청을 잘하라.
- 대다수의 펀드는 약 3년 이상 장기보유를 절대로 하지 말라.
- 종합주가지수가 폭락을 하면 대다수의 펀드도 손실을 당한다.
- 대다수의 펀드와 주식시장은 수년에 한 번씩 종합주가지수가 폭락 또는 반토막이 된 후 경기회복기 '상승랠리' 때만 큰 수익을 낸다.
- 호황기의 꼭짓점에서는 모든 자산을 '현금화'해서 예금을 해두고

그리고 대폭락을 하거나 최저 불경기가 될 때 또다시 투자를 행하라.

- 모든 투자는 물건 값이 가장 쌀 때 사들이고, 가장 비쌀 때 팔아야 하며 또다시 물건 값이 쌀 때를 인내하며 때를 기다리라.

- 시장경제의 경기 사이클은 호황기와 불황기가 항상 반복을 한다.

- 모든 존재물의 '변화법칙이론' 역술을 사업과 투자에 응용을 하라.

- 이 세상 영원한 것은 해·달·별 그리고 신과 영혼뿐이고, 국가와 기업도 흥망성쇠의 법칙에 따르는바 기업은 창업된 후 30년 이내에 약 70%가 사라진다.

- 현재 우량기업의 주식이라도 10년 이상 장기보유는 금물이고, 투자용 주식과 펀드는 최저점에서 들고 3년 이상 유지를 하지 말라.

- 특히 대출 또는 외상 등의 '레버리지투자'는 이익이 날 때는 효과를 볼 수 있지만 반대로 경제상황이 나빠지고 손실이 날 때는 손실 폭만 더욱 확대시키는 아주 위험한 투자법이다.

- 레버리지는 이득과 손실 양쪽을 확대하고 고위험과 고수익 방법이다.

- 레버리지는 빌린 돈을 사용해 잠재이익을 최대화하는 방법이다.

- 레버리지투자는 전문가들 또는 경제회복 상승기 때만 가능하다.

- 일반인들은 레버리지투자를 절대로 하지 말라.

- 또한 어느 시대이고 무엇이고 간에 '군중심리'에 휘말리지 말라.

- 군중심리가 투기과열로 작용하면 엄청난 혼란이 따른다.

- 프로는 군중심리를 활용하고, 아마추어는 그것에 속임을 당한다.

- 인생살이에서는 누구에게도 무엇에도 빚쟁이가 되지 말라.
- 어떤 빚이든 빚을 지면 자유와 평안을 잃고 훗날에 갚아야 한다.
- 나이 들어 노년준비가 부족하면 한 집안의 3대가 함께 고생한다.
- 나이 들어 노년준비와 대비는 자식도 국가정부도 믿지 말라.
- 모든 사람은 노년준비와 대비로 젊어서부터 돈을 모아 두어라.
- 모든 살림살이는 재무 설계와 재정 관리를 잘해야 한다.
- 현대사회와 불확실한 모든 것에는 '보험가입'을 꼭 해 두어라.
- 보험가입을 할 때는 목적과 자금계획을 잘 짜야 한다.
- 모든 보험 상품은 중간에 해지하면 무조건 손해를 당한다.
- 보험 상품은 가장 복잡하니 자세히 따져보고 신중하게 선택하라.
- 수명이 장수로 예상된 사람은 '연금보험' 등에 꼭 가입해 두어라.
- 수명이 단명으로 예상된 사람은 '생명보험'에 꼭 가입해 두어라.
- 보험은 약관에 명시된 보장 항목만 해당되니 꼭 확인을 잘하라.
- 보험가입은 청약과 승낙 그리고 최초 1회 보험료 납입부터 효력이 발생하고, 보험가입취소를 하고자 할 때는 즉시 알려주어라.
- 보험가입을 할 때 계약자와 피보험자의 자필서명이 없으면 훗날 보험금을 못 받을 수 있으니 '자필서명'을 꼭 해두어라.
- 보험가입을 할 때는 주보험계약과 특약을 잘 들어야 한다.
- 보험가입을 할 때는 사전 고지의무가 있고 만약 고지의무위반이 성립하려면 고의적 또는 중대한 과실이 있어야 하며 강자인 보험

회사가 입증을 해야 한다.

- 보험가입을 한 후에는 위험의 변경 및 증가 또는 보험사고가 발생할 때는 보험회사에 알려야 하는 통지의무가 있다.

- 보험금을 청구할 때는 질병과 최종진단서와 질병코드번호가 일치해야 보험금 지급을 잘 받을 수 있다.

- 보험금 청구를 하기 전에 병원으로부터 꼭 진단서를 발급받아 확인을 하고, 실제 질병과 진단서와 질병코드번호가 일치하도록 병원의 협조를 잘 얻으라.

- 보험금을 청구할 때는 ① 청구서 ② 진단서 및 사고증명서 ③ 보험증권 ④ 주민등록증 ⑤ 기타 추가제출을 요구하는 것 등이다.

- 보험회사의 보험금 지급과 관련하여 억울함을 당할 경우에는 먼저 한국소비자원에 '보험피해구제신청' 민원을 넣거나 또는 법원에 '조정신청 및 소송'을 제기하라.

- 보험회사와의 합의는 대부분 '이후에 어떠한 경우라도 민·형사상 이의를 제기하지 않겠다'는 부제소합의가 많으니 합의서를 작성할 때는 합의내용을 잘 써 넣어라.

- 교통사고 형사합의서를 작성할 때는 향후 후유장애와 손해배상금에 대해서는 '별도'라는 단서조항을 꼭 붙여서 합의서를 잘 써라.

- 큰 교통사고를 당하여 영구적 후유장애 또는 사망 시에는 합의보다는 소송제기를 할 때 보상금이 더 많을 수 있다.

- 자동차 사고가 발생하면 민사·형사·행정법상 책임이 따른다.
- 자동차 손해배상법상 배상책임은 운행자와 소유자가 함께 진다.
- 자동차 주차장법상 책임배상은 '유료주차장'으로 한정한다.
- 자동차보험은 피해자도 보험금을 직접 청구할 수 있다.
- 자동차 사고의 피해자가 직접 보험금을 청구하면 보험회사는 피보험자에게 통지를 하고 7일 이내에 보험금을 지급한다.
- 자동차의 소유·세금·법규·사고·보험·운행 등은 아주 중요하다.
- 교통사고를 낸 자동차는 가해차량과 피해차량으로 구분적용을 하고 추돌할 때는 뒤 차량이 가해자이고, 차로변경을 할 때는 변경을 하는 차가 가해자이고, 신호등이 있는 교차로에서는 신호위반 교차로 진입차가 가해자이고, 신호등이 없는 교차로에서는 먼저 진입한 차가 우선순위이고, 큰길과 작은 길에서는 큰 길차가 우선순위이고, 직진과 좌회전에서는 직진차가 우선순위이고, 양보표지판 또는 일시정지표지판이 있는 곳에서는 진입차가 가해자이고, 일방통행표지판이 있는 곳에서는 어긴 쪽이 가해자이다.
- 자동차사고로 사망 및 중상해 그리고 10대 중과실 및 뺑소니를 일으키면 '형사처벌'을 받을 수 있고 '형사합의'를 해야 정상참작이 되며 합의가 안 될 경우에는 '공탁금' 예치로 대체할 수 있다.
- 사고 또는 질병이 잦은 사람은 '실손의료보험'에 꼭 가입을 해 두라.
- 실손의료보험은 보험가입자가 부담한 의료비를 보험회사가 대신

지급해 주는 알뜰한 보험제도이다.

- 현대사회는 모두가 여행이 잦으니 '여행자보험'을 꼭 가입해 두라.
- 여행자보험은 불의의 사고나 질병 및 휴대품 배상책임보험으로 소멸성의 소액이고 공항출국장에서도 가능하니 해외여행을 떠나기 전에 꼭 가입을 해 두라.
- 여행자보험금을 지급받으려면 사고증명서·진단서·치료비영수증 및 명세서 등 사고사실 및 손해를 입증할 수 있는 서류 등을 반드시 준비를 잘 해 두라.
- 고층건물 또는 다중이용건물 등의 특수건물 및 시설물의 소유자 또는 임차인 및 사용자는 화재보험 또는 신체손해배상 특약부 화재보험에 꼭 가입을 해 두라.
- 큰 건물 또는 큰 시설물의 소유자 또는 임차인 및 사용자는 배상책임보험과 구내치료비 담보특약에 꼭 가입을 해 두라.
- 사업을 하거나 인생을 살아가면서 만에 하나 안전장치로 꼭 필요한 '보험가입'을 해 두는 것은 아주 중요하다.
- 게으르게 잠을 자면 꿈을 꾸지만, 부지런히 공부하면 꿈을 이룬다.
- 스스로 배우고 공부하지 않으면 어느 분야에서도 성공을 못한다.
- 실력과 능력이 있어야 성공의 기회와 행운이 따른다.
- 자본주의 현대사회에서 잘 살려면 사업과 영업 장사에 뛰어들어라.
- 모든 사업과 영업은 시대흐름의 '트렌드'를 잘 읽어라.

- 사업가는 예리한 관찰과 다양한 관점의 '통찰력'을 길러라.
- 모든 사업가와 영업인은 시장 흐름을 항상 잘 살펴나가라.
- 모든 사업가와 영업인은 경제뉴스와 일기예보를 꼭 들어라.
- 모든 사업가와 영업인은 국가정책과 행정발표를 꼭 들어라.
- 모든 사업가와 영업인은 종합주가지수·금리·환율을 꼭 살펴라.
- 모든 사업과 영업장사의 기본은 항상 '원가의식'을 잘 계산하라.
- 모든 상품들은 '가격경쟁력'과 '품질경쟁력'으로 싸운다.
- 사업과 영업 장사를 잘하려면 팔고 있는 상품을 잘 알아야 한다.
- 영업과 장사를 잘하려면 판매방법과 판매기술을 잘 배워라.
- 성공 마케팅은 한번 거래로 끝나는 일회성 이벤트가 아니다.
- 판매의 기본은 고객의 주의를 끌고, 관심을 지속시키고, 호의와 호감을 얻고, 신뢰와 믿음을 주고, 구매욕망을 계속 자극시켜라.
- 판매를 할 때는 잘 파는 목표에 집중을 하고 또한 집중시켜라.
- 영업과 판매를 할 때는 '꼭 팔겠다'는 용기와 끈질김을 가져라.
- 손님에게는 호의호감으로 접근을 하고 친절로 마음을 열어라.
- 영업과 장사를 잘하려면 가게 안에 '종교 상징물'을 두지 말라.
- 영업집에 종교 상징물이 있을 경우 타 종교인은 거부감을 느낀다.
- 영업과 장사를 잘하려면 손님고객과는 절대로 싸우지 말라.
- 영업과 장사 판매를 잘하려면 항상 '가망고객'을 연구하라.
- 영업과 장사 판매를 잘하려면 깔끔한 옷차림과 예의바름으로 첫

인상을 좋게 하고 미소와 친절서비스로 호감을 계속 심어가라.

- 판매를 할 때는 첫인상 3초와 첫마디 말 10초가 가장 중요하다.
- 판매를 할 때는 처음 30초 동안에 관심을 잘 끌면 성공을 한다.
- 판매광고를 할 때는 감성적 구매욕구와 동기를 잘 유발시켜라.
- 판매나 광고를 할 때는 그 상품이 안겨줄 '유익함'을 강조하라.
- 판매광고를 할 때는 그림과 소리로 '감정효과'를 최대화시켜라.
- 눈으로 귀로 마음으로 함께 느낄 수 있게 '이미지표현'을 잘하라.
- 눈으로 보는 것은 더욱 빠르고 강력하며 기억 속에 오래 남는다.
- 사업과 영업의 장사를 잘하려면 '마케팅전략'을 잘 세워라.
- 사업과 마케팅을 잘하려면 '현지맞춤형 서비스'로 나아가라.
- 최초 판매 및 기획 판매를 할 때는 '미끼상품' 전략을 잘 쓰라.
- 영업과 장사를 잘하려면 여러 번 '재사용'하는 방법을 연구하라.
- 영업과 장사를 잘하려면 '원가절감'과 폭리 등의 방법을 연구하라.
- 영업과 장사를 잘하려면 손님과 고객을 끌어들이는 미끼용 집객 상품과 이익을 많이 남길 수 있는 수익상품을 함께 팔아라.
- 영업과 장사를 잘하려면 계속 구매와 이용을 하도록 만들어가라.
- 영업과 장사를 계속 하려면 돈 벌고 있음을 아무도 모르게 하라.
- 영업과 장사를 할 때는 장사 냄새를 풍기지 않게 잘하라.
- 영업과 사업을 계속 잘 하려면 특별히 '단골관리'를 잘하라.
- 단골손님과 함께 온 손님을 각별하게 잘 대하라.

- 단골손님을 만들어가려면 반드시 주인이 매장을 지켜라.
- 영업과 사업을 할 때는 '오랫동안 한다'는 마음자세로 잘하라.
- 영업과 장사 판매를 잘하려면 '관련 상품'을 함께 취급하라.
- 영업과 장사 판매를 잘하려면 '고객의 취향'을 항상 연구하라.
- 영업과 장사 판매를 잘하려면 '말솜씨'를 맛나게 잘 사용하라.
- 판매에서 가장 흥미로운 것은 가격의 '불확성원리'이다.
- 모든 가격은 가치에 따라서 임의적으로 변경 가능성이 있다.
- 상품의 가격을 정할 때는 가격중심의 '저가상품' 또는 가치 중심의 '고가상품' 그리고 '중간상품'으로 구분을 세분화시켜라.
- 상품의 가격을 정할 때는 합리적 '저가 마케팅' 또는 사치 허영심의 정서적 '고가마케팅' 방법 등 전략을 잘 짜라.
- 어떻게 판매할까에 따라서 저가물건을 높은 고가에 팔수도 있다.
- 영업과 장사 판매를 잘하려면 '충동구매욕구' 유도를 잘 시켜라.
- 어떤 가치가 더욱 희귀할수록 욕구는 더욱 강해진다.
- 희소성은 사람들에게 신속한 결정을 스스로 재촉한다.
- 판매를 할 때는 ① 제한된 수량 ② 곧 가격인상 ③ 오늘만 가격인하 ④ 곧 마감시한 등을 마케팅방법으로 활용을 잘하라.
- 음식점은 맛있게 보이는 음식그림과 맛있는 냄새를 잘 풍겨라.
- 식당 및 외식업을 개업하려면 ① 가망고객분석 ② 상권분석과 장소 선택 ③ 투자여력의 규모산정 ④ 메뉴선정 및 가격결정 ⑤ 고객

감동의 서비스 차별화 등을 잘 세우라.

- 식당 및 외식업을 개업하려면 업종·주 메뉴·주위환경·건물외관 등에 따른 '색상선정'과 인테리어·테이블 및 의자·집기의 재질· 종업원의 유니폼·메뉴판·조명·음향 등 업소구성에 일관된 콘셉트와 테마를 잘 준비하라.
- 영업과 장사 및 사업을 잘하려면 인상에 남는 '명함'을 잘 만들어라.
- 영업과 장사 및 사업을 잘하려면 '상호이름'을 반드시 잘 지어라.
- 상호이름은 상품과 연결 및 연상이 잘되고 운이 따르게 지어라.
- 손님과 고객은 간판과 상호이름을 보고, 듣고, 알고, 찾아온다.
- 모든 물체적 표현에는 '색상표현'을 전문적으로 잘 하라.
- 색상은 우리의 삶에 막강한 영향력을 끼치는 에너지이다.
- 상호와 간판 및 영업권 승계는 포괄승계와 약정승계가 있다.
- 양도인의 상호를 계속 사용할 경우 양수인은 '변제책임'을 조심하라.
- 양도인이 망했거나 복잡할 경우에는 말썽꺼리를 방지하기 위해 회사 이름과 가게이름 등 반드시 상호를 바꾸어 버려라.
- 큰돈을 벌려면 처음부터 창업으로 사업에 뛰어들고 야망을 품어라.
- 부지런한 발품과 노동 그리고 근면성실은 거짓말을 하지 않는다.
- 반드시 잘 할 수 있는 것 또는 하고 싶은 분야에 '창업'을 하라.
- 처음 창업을 할 때는 계속 할 수 있는 분야를 잘 선택하라.
- 처음 창업을 할 때는 소규모로 실속있게 재정 관리를 잘하라.

- 처음 창업을 할 때는 고정지출비용을 최소화하고 경험을 쌓으라.
- 처음 창업을 할 때는 동종업계에서 가장 잘하는 곳을 모방 벤치마킹하여 반드시 그곳보다 더 잘 할 수 있도록 항상 연구하라.
- 다른 곳의 히트작을 따라하는 '모방전략'도 비용을 줄이는 기술이다.
- 창업으로 사업을 하려면 자신만의 '특성'을 항상 연구 개발하라.
- 모든 사람은 분야별과 업종별 1등 사람과 1등 기업만 기억한다.
- 인터넷과 스마트폰의 신인류시대에서는 '클릭'을 잘 유발시켜라.
- 구글·아마존·애플·페이스북·유튜브·트위터·바이두·알리바바·넷이즈·텐센트·네이버·카카오톡 등은 '클릭'의 힘이다.
- 간편함과 단순함으로 연구하고, 개선하고, 혁신시켜 나아가라.
- 혁신은 모든 경쟁자를 단숨에 따돌릴 수 있다.
- 반드시 혁신을 하고 또 다시 혁신시켜 나아가라.
- 창업을 했으면 '최적합'한 인재를 잘 채용하라.
- 직원은 반드시 그 일에 최적합한 사람을 써야 한다.
- 창업을 했으면 분야별과 업종별 중에서 꼭 1등을 목표로 하라.
- 업종별 산업의 1등이 되거나 또는 선두주자는 추격자들이 못 쫓아오도록 높은 '진입장벽'을 계속 쳐두어라.
- 사람과 상품 그리고 모든 사업체들은 평판이 참 중요하니 고객과 사람들로부터 '평판관리'를 잘 해나가라.
- 삶의 최고 기술은 기본에 충실하는 것과 좋은 평판관리이다.

- 사업과 영업을 잘하려면 업계와 협회의 모임에 꼭 참여를 하라.
- 업계의 모임과 행사는 황금 같은 정보와 인맥을 만들어 준다.
- 모임과 행사를 할 때는 어떻게든 연설·강연·의견발표 등의 기회를 얻고 자신의 이름과 얼굴을 알리고 '입지'를 굳혀 나아가라.
- 의견발표 등을 할 때는 주제와 본질을 잘 알고 근거로 말을 하라.
- 일 잘하는 사람보다는 말 잘하는 사람이 성공출세를 잘한다.
- 말을 잘하려면 대상과 장소에 따라 준비와 연습을 많이 하라.
- 연설과 강연 등을 할 때는 깔끔하게 옷을 잘 차려입어라.
- 옷차림새는 그 사람의 첫 번째 명함이고 이미지이다.
- 옷차림새는 신분과 분위기에 어울리고 그리고 개성을 살려라.
- 사람은 어떻게 불러주는가에 따라 언·행과 대접이 달라진다.
- 또한 명함에 직함을 다르게 해서 목적에 따라 잘 사용을 하라.
- 말을 시작할 때는 누구나 '공감'할 수 있는 것으로 시작을 하라.
- 말을 끝낼 때는 핵심을 요약하고, 동의를 얻고, 행동을 유도하라.
- 성공출세를 하고 부자가 되려면 대인관계매너와 비즈니스매너 및 글로벌매너 등을 배우고 연습하고 익혀서 생활화시켜 나아가라.
- 매너는 상대방의 지위 및 입장과 취향 및 습관 그리고 풍습을 이해하고 예의범절과 온화한 태도로 '배려'를 잘 해주는 것이다.
- 특히 고객과의 약속시간은 무조건 반드시 잘 지켜라.
- 약속시간을 못 맞출 경우에는 민망해 할 정도로 사과를 하라.

- 비즈니스 미팅을 할 경우의 장소는 '사전준비'를 철저히 잘하라.
- 비즈니스를 할 때는 숫자·데이터·통계 등 '자료'를 잘 활용하라.
- 특히 고객과 대화를 할 때는 시선을 고객의 눈에서 벗어나지 말라.
- 성공출세와 비즈니스를 잘하려면 명함사용 및 관리를 잘하라.
- 명함은 연락처와 인간관계 및 비즈니스의 데이터베이스이다.
- 비즈니스로 명함을 건넬 때는 함께 자신을 말로 소개를 하라.
- 비즈니스로 명함을 받을 때는 약 20초 동안은 꼭 읽어보라.
- 명함을 건네고 받을 때 관심을 가져주면 먼저 '호감'을 얻는다.
- 명함을 받으면 날짜·장소·용건 등을 즉시 뒷면에 적어 두어라.
- 명함관리는 꼭 필요성 또는 필요성 및 불필요성으로 분류를 하라.
- 꼭 필요성 명함은 잘 보관을 하고, 불필요성 명함은 버려라.
- 비즈니스와 친분을 잘하려면 좋은 곳에서 함께 식사를 잘하라.
- 비즈니스로 식사 또는 음료 등을 주문할 때는 대접받는 사람에게 먼저 그리고 같은 것으로 주문을 하라.
- 비즈니스를 할 때는 오직 비지니스성공만이 그 목적이다.
- 고객과 친구가 기뻐하면 함께 기뻐해주고 박수를 쳐주어라.
- 고객과 친구가 슬퍼하면 함께 슬퍼해주고 손수건을 건네라.
- 고객과 친구가 외로워하면 함께 시간을 보내며 즐거움을 주어라.
- 고객과 친구가 곤경에 처할 때는 내일처럼 도움을 주어라.
- 도움이 필요할 때 도움을 주면 반드시 좋은 댓가가 꼭 따른다.

- 성공출세 부자 유명인이 되려면 자신만의 '캐릭터'를 만들어라.
- 캐릭터는 그 사람만의 개성이고 상징으로 오랫동안 작용한다.
- 모든 사람은 태어나면 죽을 때까지 계속 경쟁 속에서 살아간다.
- 모든 생명체는 생존을 위해서 죽을 때까지 계속 싸워야 한다.
- 싸우지 않고 이기는 방법이 최선의 방법이고 기술이다.
- 싸우지 않고 이기는 방법과 기술이 '권모와 술수'이다.
- 권모와 술수는 자연계에서 식충세계와 동물세계의 먹이 경쟁을 할 때 항상 일어나는 자연계의 생존방법이고 생존기술이다.
- 약자가 강자를 이기려면 반드시 '권모술수 전략'을 잘 사용하라.
- 약자가 강자를 이기려면 '대담한 전략'을 잘 준비하라.
- 전략에 알맞도록 모든 것을 꼭 '최적화'시켜라.
- 독수리가 높은 곳에서 땅을 내려 보듯, 호랑이가 은밀하게 먹잇감에 접근을 하듯, 사자가 용맹스럽게 먹잇감을 넘어뜨리듯 행하라.
- 사업·승진·선거출마 등 경쟁을 할 때는 '권모술수'에 능란하라.
- 선전포고와 정면승부 싸움은 손실이 크니 절대로 잘 피하라.
- 상황에 따라 행동을 잘하고 돌발 상황의 '대비책'을 세워두어라.
- 가끔은 반대표를 던져서 존개감과 영향력을 과시하라.
- 내버려두다가 결정적 기회에 나서서 존개감을 과시하라.
- 자기편의 강점·장점·이점을 최대한 내세우고 활용을 잘하라.
- 자기편의 권위와 인맥 등 유리한 것을 최대한 활용을 잘하라.

- 상대편의 약점·단점·허점을 계속 집요하게 공격하라.
- 상대편이 무방비일 때 기습과 역습으로 급소를 공격하라.
- 싸움을 하려면 공격목표 내부에 정보원과 간첩을 심어두어라.
- 상대편 적들끼리 싸우게 하는 어부지리술책을 사용하라.
- 상대편에게 책임과 허물을 씌우는 모함술책을 사용하라.
- 상대편에게 음해와 죄를 날조하는 조작술책을 사용하라.
- 상대편에게 사람과 자금돈줄을 막는 고립술책을 사용하라.
- TV·신문·인터넷 등 언론매체로 여론몰이술책을 사용하라.
- 비밀로 철저하게 헛소문을 퍼뜨려서 상대를 곤경에 빠뜨려라.
- 비밀로 철저하게 중상·모략·음해로 상대를 곤경에 빠뜨려라.
- (위의 나쁜 술책들은 꼭 필요할 때만 사용하시길 바랍니다.)
- 알고 있어도 모르는 척하고 함부로 속마음을 드러내지 말라.
- 싸움이나 경쟁을 할 때는 고도의 '심리전술'을 잘 사용하라.
- 빈틈을 주지 말고 연쇄적으로 파도처럼 파상공격을 계속하라.
- 싸움이나 모든 문제들은 '사전예방'이 가장 중요하다.
- 피할 수 없는 전쟁이라면 '선제타격'을 감행하여라.
- 선제타격과 예방타격은 최소피해의 선제방어이다.
- 싸움이나 경쟁을 할 때는 '정보와 보안'에 신경을 잘 쓰라.
- 정치인 및 기업인과 특수 중요한 일을 하는 사람들은 항상 대화와 통신의 '감청과 도청'을 조심하라. 현대사회는 비밀녹음과 촬영 그

리고 감청과 도청기술이 놀라울 정도이고, 모든 국가와 기업체 등의 경쟁자끼리는 언제나 감청과 도청이 빈발하고 특히 미국은 100개 이상의 위성으로 전 세계의 모든 통신과 대화 등을 24시간 감시를 하고 있다.

- 첩보 및 정보수집과 보완유지는 곧 경쟁력이고 힘이다.
- 모든 정보들은 시간별·지역별·영역별 등으로 분류를 잘하라.
- 신문구독은 보수·진보·중도 등을 함께 골고루 읽어라.
- 정치와 정당의 당원들은 정당의 이념과 노선 그리고 정강과 정책을 알아야 하고, 정당의 지도자가 되려면 당헌과 당규를 알라.
- 특히 정당은 국가발전과 사회개혁에 대한 강력한 의지와 그 의지를 반영한 분명한 노선과 색깔을 가져라.
- 특히 정치인은 은퇴를 할 때까지 계속 선거를 치르고 싸워야 한다.
- 정치인은 모두 시대정신과 정치철학 및 조직을 꼭 갖추어라.
- 당권과 대권에 도전하려면 명분과 조직 및 세력을 갖춰라.
- 당권과 대권에 도전하려면 선동성 언변술에 뛰어나라.
- 당권과 대권에 도전하려면 대중이 인정하는 자격을 갖춰라.
- 당권과 대권에 도전하려면 조직 통솔과 통수의 능력을 갖춰라.
- 당권과 대권에 도전하려면 치밀한 전략과 여론지지를 얻으라.
- 당권과 대권에 도전하려면 선출당락의 운(運)을 꼭 살펴라.
- 정치는 항상 현실이고 정치인은 '결과'로만 이야기한다.

- 정치는 현실이니 항상 '국면전환'용 카드를 잘 사용하라.
- 모든 정치인과 통치자는 국가간의 '전쟁'만은 꼭 피하라.
- 전쟁을 하는 국가들은 막대한 전쟁비용과 복구비용 때문에 정부 재정파탄과 정권붕괴 그리고 국민경제위기까지 초래할 수 있으니 전쟁은 꼭 피해야 한다.
- 모든 선거를 치를 때는 반드시 '선거전략'을 잘 세우라.
- 선거운동에서 효과가 가장 큰 것은 선거관리위원회 등에서 집집 마다 보내주는 '선거홍보자료'이니 홍보자료를 잘 만들어라.
- 선거전략에서는 정책과 공약 등의 강력한 의지를 분명히 밝혀라.
- 선거전략에서는 새로운 '시대정신'에 맞는 비전을 분명히 밝혀라.
- 모든 선거를 치를 때는 전략의 '책사'와 전투의 '투사'를 잘 두어라.
- 모든 선거를 치를 때는 ① 전략기획팀 ② 이미지개발홍보팀 ③ 조직운영팀 ④ 자금조달재정팀 등 선거에 따른 '팀구성'을 잘하라.
- 선거출마의 후보자는 조직관리 및 정책개발과 비전 제시를 잘하라.
- 모든 선거 때는 돌출발언과 행동으로 '관심집중'부터 꼭 받아라.
- 모든 선거와 정치선거는 여론을 잘 살피고 '바람몰이'를 잘하라.
- 모든 선거를 치를 때 비장의 카드로 '네거티브전략'까지 세우라.
- 선거를 성공하려면 연대·연합·단합 및 합당 등을 잘하라.
- 선거와 공천은 반드시 '이길 수 있는' 후보자를 잘 선택하라.
- 모든 선거의 최고전략은 반드시 당락의 '운(運)예측'이 먼저이다.

- 대선과 총선 출마와 줄서기는 후보자와 자신과의 운(運)예측과 관계성의 궁합운을 잘 살펴보는 것이 가장 중요하다.
- 선거출마를 잘못하거나 또는 줄서기를 잘못하면 망신만 당한다.
- 나를 알고, 적을 알고, 세상의 이치를 알고 그리고 운(運)을 알라.
- 그리고 내 인생의 진정한 적은 바로 '자기 자신'임을 알라.
- 남을 이기는 것보다 자기 자신을 이기는 사람은 정말 강하다.
- 국정조사 및 청문회 등은 사전조사와 준비 그리고 계획 및 의도적으로 물어보니 답변자는 철저하게 '준비와 대응'을 잘하라.
- 정권이 바뀌면 앞 정권 때 '특혜'를 받은 기업은 조심을 하라.
- 정권이 바뀌면 기업길들이기 또는 보복성의 특별세무조사나 또는 비리수사 등이 꼭 따른다.
- 모든 싸움은 준비·대비·대응을 잘하는 쪽이 항상 유리하다.
- 명분이 있으면 약자가 강자를 이길 수 있고 싸움을 이길 수 있다.
- 명분 쌓기를 계속 하면서 '대의명분'으로 기세와 대세를 잡아라.
- 적절한 운때를 기다려서 협상과 타협으로 싸우지 않고 이겨라.
- 모든 것은 상황에 따른 시기적절의 '타이밍'을 잘 맞추어라.
- 모든 것은 타이밍을 잘못 맞추면 결국 잘못으로 끝난다.
- 때로는 시간이 흐르면 오히려 상황이 뒤바뀔 수도 있다.
- 타이밍을 잘 맞추기 위해 기다리는 것은 최적의 전략이다.
- 삶에 장벽이 있거든 잠시 뒤로 물러나서 그 장벽을 분석해 보라.

- 분석과 예측을 통해 능동적으로 준비와 대비를 잘하라.
- 기업·사업·정치·선거출마·싸움을 할 때는 '책사'를 꼭 두어라.
- 책사들은 두뇌가 좋으니 한 번 기용을 하면 평생을 함께하라.
- 특히 운(運)자문의 책사는 절대로 토사구팽을 하지 말라.
- 정치와 권력에서 '잠재적 경쟁자'는 사전에 제거를 해 버려라.
- 권력과 힘은 아무에게도 나누어 주거나 물려주지 말라.
- 한 번 실수로 권력에서 밀려나면 영원한 뒷방 신세가 되어 버린다.
- 모든 조직의 권력에서 2인자와 반대파는 철저하게 제거하라.
- 아랫사람을 쓸 때는 오직 '충성심'과 '직무능력'을 함께 살펴라.
- 우두머리는 아랫사람들의 능력을 꿰뚫어 보는 '안목'을 키우라.
- 큰일은 시기를 잘 포착하여 정확하고 과감하게 실행을 하라.
- 순서와 절차에 따라 명분을 만들고 '명분 쌓기'를 잘해 나가라.
- 무척해야 무탈하고 잘 살게 되니 인생에 적을 만들지 말라.
- 입살도 살(煞)이 되니 사람들이 저주와 악담을 하게 하지 말라.
- 사람들이 원망과 저주와 악담을 많이 하면 결국 망하게 된다.
- 비방과 악플 그리고 욕을 많이 먹으면 결국은 망하게 된다.
- 성공과 출세를 하려면 소통과 대화 및 설득과 협상을 잘하라.
- 소통과 대화 및 설득과 협상 그리고 회의 등을 잘하려면 '동의'를 받아낼 수 있도록 사전에 '전략'을 잘 세우라.
- 설득을 잘하려면 '예스'를 할 수 있도록 '분위기'를 잘 조성시켜라.

- 설득을 잘하려면 객관적인 근거와 데이터를 잘 제시하여라.
- 협상을 할 때는 자신에게 유리한 조건을 먼저 '선점'해 두어라.
- 협상을 할 때는 상대방이 거절할 경우를 먼저 '대비'해 두어라.
- 협상을 할 때는 양쪽이 만족할만한 '합의점'을 생각해 두어라.
- 설득과 협상을 잘하려면 가장 적절한 '타이밍'을 잘 잡아라.
- 설득과 협상을 할 때는 최선책이 안 되면 차선책이라도 꼭 받아라.
- 세상은 아는 만큼 보이니 공부하고 경험을 쌓고 '안목'을 키워라.
- 성공을 하려면 자신의 강점·약점·장점·단점을 정확히 인식하라.
- 성공을 하려면 진정한 지식과 실력·능력을 갖춘 '인재'가 되어라.
- 성공을 하려면 꼭 필요한 사람들과 '인맥형성'을 잘해 나아가라.
- 성공을 하려면 나쁜 성격·나쁜 말투·나쁜 행동을 꼭 개선하라.
- 성공을 하려면 규칙적인 운동으로 '몸관리'부터 잘해 나아가라.
- 성공을 하려면 책을 많이 읽고 '평생공부'를 계속해 나아가라.
- 성공을 하려면 스스로 '인격과 품격'을 계속 높여 나아가라.
- 성공을 하려면 항상 '주류 편'에 함께하고 '주도권'을 꼭 잡아라.
- 현재를 주도하는 사람들이 항상 그 시대와 그 사회를 지배한다.
- 역사 이래 가장 큰 세계의 주도권은 15~16세기는 스페인이 그리고 17~19세기는 영국이 그리고 20~21세기는 미국이다.
- 미국은 경제·군사·정치 등으로 '큰형님' 역할을 하고 있다.
- 모든 국가의 정치는 여당이 주도권을 잡고, 정치 이념적 우파와

좌파는 시대정신에 따라서 주도권이 반복된다.

- 오늘에 최선을 다하라. 한 번 지나간 시간은 되돌아오지 않는다.
- 성공출세와 부자가 되려면 평생 동안과 항상 '시간관리'를 잘하고 반드시 '새벽형인간'이 되어라.
- 때로는 새벽 1시간이 저녁 3시간보다 훨씬 효율적이다.
- 남보다 1시간 일찍 일어나면 10년을 앞당겨 성공을 이룬다.
- 새벽에 일어나는 시간은 항상 새벽 동틀 무렵으로 모닝콜 자명종을 꼭 맞추고 '습관 길들이기'를 꼭 실천하여라.
- 새벽 동이 트는 시간은 기압과 습도와 기온과 바람이 바뀐다.
- 사람의 몸도 자연변화법칙의 섭리와 순리에 잘 맞추어라.
- 똑같이 주어진 하루 24시간을 어떻게 쓰느냐가 성공을 좌우한다.
- 일을 성공시키려면 차근차근 절차에 따라 준비를 잘하라.
- 일을 성공시키려면 업무능력과 실력 그리고 자신감을 가지라.
- 계획과 준비를 잘하면 스스로 용기와 자신감이 생긴다.
- 최후의 담판싸움은 배수진을 치고 죽기 살기로 덤벼라.
- 무슨 일이든 죽을 각오로 덤벼들면 반드시 이길 수 있다.
- 성공한 사람은 남다르니 그것을 한수 배우고 꼭 '벤치마킹'하라.
- 실패한 사람들은 나쁜 점이 있으니 실패원인을 꼭 분석해 보라.
- 큰 실수와 큰 실패를 당했거든 그것을 '평생의 교훈'으로 삼으라.
- 실패로부터 배우는 사람은 훗날에는 더 크게 성공을 해 낸다.

- 위기와 위험 및 역경에 처할 때가 '전화위복'의 진정한 기회이다.
- 기회는 기다리기도 하지만, 적극적으로 만들어 가기도 하라.
- 물고기는 낚싯바늘로 잡고, 사람은 돈과 신뢰로 잡는다.
- 사람의 신뢰와 신용은 참 중요하니 평생 동안을 잘 '관리'하라.
- 신용불량을 경험한 어른은 자기의 자녀들에게 평생 동안의 신용 관리교육을 잘 시켜 부모의 전철을 밟지 않게 하라.
- 무슨 일이든 실패를 경험한 어른은 자기의 자녀들에게 실패의 경험담을 들려주어 부모의 전철을 밟지 않게 하라.
- 큰 질병으로 고생한 어른은 자기의 자녀들에게 질병의 원인과 고통의 경험담을 들려주어 부모의 전철을 밟지 않게 하라.
- 세상살이는 직접 경험한 것이 가장 진실하고 확실한 것이다.
- 세상살이는 운이 좋아야 하니 무슨 수를 써서라도 '운'을 좋게 하라.
- 자기 운이 좋아지면 시험합격과 학문 및 예·체능이 잘 된다.
- 자기 운이 좋아지면 취업 및 취직과 승진 및 진급이 잘 된다.
- 자기 운이 좋아지면 애정운과 연애 및 결혼과 재혼이 잘 된다.
- 자기 운이 좋아지면 금전 및 재물과 돈복이 저절로 따라온다.
- 자기 운이 좋아지면 사업성공과 출세가 저절로 이루어진다.
- 자기 운이 좋아지면 선거당선과 권력이 저절로 생겨진다.
- 자기 운이 좋아지면 배우자 복과 자식복이 저절로 따라온다.
- 자기 운이 좋아지면 건강과 수명장수가 저절로 이루어진다.

- 세상은 아는 만큼 보이고, 인생살이는 '운과 복'으로 살아간다.
- 세상 이치를 모른 사람은 '좋은 책'을 많이 읽고 꼭 배워나가라.
- 배우고 실천하고 또 배우면 인생이 반드시 더 나아진다.
- 거대한 느티나무도 작은 씨앗으로부터 자라난다.
- 천리길도 한 걸음부터이고, 높은 산을 오를 때도 한 계단부터이다.
- 할 수 있다고 생각하면 할 수 있고, 할 수 없다고 생각하면 안 된다.
- 자수성가한 사람들은 환경을 탓하지 않고 환경을 만들어간다.
- 뛰어난 기술자는 연장을 탓하지 않고, 명필은 붓을 탓하지 않는다.
- 자기에게 없는 것을 탓하지 말고, 있는 것들을 잘 활용하라.
- 작은 목표들을 이루어가면서 진짜로 큰 목표를 꿈꾸어라.
- 거울을 보고 내 모양새를 바로 잡듯, 책을 읽고 삶을 바로 잡아라.
- 책과 신문을 꼭 읽어라! 책과 신문은 정보와 경험들의 '보물창고'이다.
- 재미 위주의 책을 읽는 사람은 성공·출세·부자가 될 수 없다.
- 공부를 시켜주는 동기부여의 '종이책'의 반복독서는 좋은 습관이다.
- 책 한 권에서 '좋은 글귀' 한 개만 얻어도 책값은 충분하다.
- TV를 볼 때 드라마를 많이 보거나 개그프로 등을 즐겨보는 사람은 결코 성공·출세·부자가 될 수 없다.
- 인터넷으로 게임·오락 등을 하는 사람은 결코 부자가 될 수 없다.
- 스마트폰 중독·게임중독·도박중독·마약중독·술중독 등 '중독자'들은 반드시 망한다.

- 망하고 후회하지 않으려면 어금니를 악물고 '절제'를 꼭 하라.
- 성공출세 및 부자가 되려면 종이책과 경제신문을 꼭 읽어라.
- 종이책 독서와 경제신문 구독은 성공을 위한 좋은 습관이다.
- 종이책은 전자책에 비해 집중력과 이해도가 훨씬 더 좋다.
- 과거에서 배우고, 현재에 최선을 다 하고, 미래를 꿈꾸어라.
- 성공을 위해서는 표정과 태도 및 말씨로 '첫인상'을 잘 심어라.
- 성공을 위해서는 자기감정을 절제하고, 행동을 절제하여라.
- 성공을 위해서는 열정과 집중 및 끈기로 끝까지 버티어라.
- 성공은 좋은 아이디어와 그것을 실행으로 옮기는 '실천력'이다.
- 기회는 항상 지금 있는 그곳과 현재 상황에서부터 비롯된다.
- 위기는 준비가 안 된 사람에게만 갑작스레 들이 닥친다.
- 준비가 잘된 사람에게 위기는 또 다른 좋은 '기회'일 뿐이다.
- 위기라고 생각할 때가 '역전'을 할 수 있는 절호의 기회이다.
- 절망이라고 생각들 때가 정말로 과감히 행동을 할 때이다.
- 큰 성공을 하려면 단련과 숙련 그리고 확신으로 '한 우물'을 파라.
- 위대한 성공과 성취는 모두 신들린 듯한 '열정'의 결과이다.
- 오직 한 분야에서 미친 놈 소리를 들어야 큰 성공을 이룬다.
- 큰 성공을 이룬 뒤에는 오히려 겸손하고 더욱 검소하여라.
- 부자에 대한 부러움과 배타적 미움은 서민들의 본성이다.
- 높이 오를수록 시야는 넓어지나 시기질투의 바람은 더욱 거세진다.

- 큰 성공을 하고 유명세를 타면 필연적으로 비판이 따른다.
- 유명세를 타면 절제와 겸손으로 항상 비판에 대비를 잘하라.
- 사람은 본능을 극복할수록 더 큰 성공과 출세를 할 수 있다.
- 당장의 본능을 극복할수록 나중에 더 큰 보상을 얻는다.
- 사람의 '의지력'은 당장의 본능을 극복하는 강한 힘이다.
- 강한 의지력으로 나쁜 습관을 바꾸는 데 잘 활용을 하라.
- 잘난 체하면 적을 만들고, 못난 체 하면 친구를 만든다.
- 진정으로 승리와 자유를 바라거든 때로는 바보처럼 행동하라.
- 진짜 바보는 어리석은 바보이고, 가짜 바보는 영리한 바보이다.
- 성낼 줄 모른 사람은 바보이고, 성내지 않으면 영리한 사람이다.
- 자랑하는 사람은 바보이고, 숨길 줄 알면 영리한 사람이다.
- 허세부리는 사람은 바보이고, 겸손할 줄 알면 영리한 사람이다.
- 아는 체하는 사람은 바보이고, 물어 볼 줄 알면 영리한 사람이다.
- 대립하는 사람은 바보이고, 상생할 줄 알면 영리한 사람이다.
- 싸움하는 사람은 바보이고, 협상할 줄 알면 영리한 사람이다.
- 불통하는 사람은 바보이고, 소통할 줄 알면 영리한 사람이다.
- 적을 만드는 사람은 바보이고, 친구를 만들면 영리한 사람이다.
- 오해하는 사람은 바보이고, 이해할 줄 알면 영리한 사람이다.
- 그 사람의 성장과정을 모르면 계속 오해가 따를 수 있다.
- 그 사람의 가정환경을 모르면 계속 오해가 따를 수 있다.

- 그 사람의 인생가치관을 모르면 계속 오해가 따를 수 있다.
- 세상살이는 이해를 하기 전까지는 대부분 잘못 오해를 한다.
- 무슨 문제가 있거든 잘못 오해하고 있는지 생각을 다시 해보라.
- 무슨 문제가 있거든 문제의 '본질'을 파악해서 이해를 잘하라.
- 무슨 문제가 있거든 원인과 결과의 '관련성'을 잘 파악해보라.
- 무슨 문제가 있거든 '이해득실'의 관점에서 분석을 잘 해보라.
- 모든 사람들의 인간본성은 '자기중심적'이다.
- 자신에게 이득 및 중요하지 않은 것은 모두 무시해 버린다.
- 관심이 없는 주제에 대해서는 아예 관심을 꺼버린다.
- 사람들은 자기 자신과의 '이해득실'에 따라 행동을 취한다.
- 모든 사람들의 타고난 천성은 죽을 때까지 바뀌지 않는다.
- 성공출세와 부자가 되려면 항상 '본질파악'을 가장 중요시하라.
- 성공출세와 부자가 되려면 한 눈에 꿰뚫는 '통찰력'을 키워라.
- 성공출세와 부자가 되려면 자기분야에서 탁월한 '전문가'가 되어라.
- 성공출세와 부자가 되려면 훌륭한 인재를 '협조자'로 얻으라.
- 성공출세와 부자가 되려면 항상 '기회창조'를 계속 만들어 가라.
- 성공출세와 부자가 되려면 끝없이 '자기복제'를 계속해 나가라.
- 성공출세와 부자가 되려면 항상 '전략'을 세우고 '전술'로 싸워라.
- 성공출세와 부자가 되려면 목표·계획·준비·실천으로 꼭 행하라.
- 성공출세와 부자가 되려면 일과의 계획표 '스케줄'을 생활화 하라.

- 스케줄대로 움직이는 사람은 성공을 하고 출세를 하고 부자가 된다.
- 모든 성공자와 프로들은 스케줄대로 움직이는 사람들이다.
- 성공과 출세를 하고 있는 사람은 항상 '스캔들'을 조심하라.
- 유명인사와 공인들은 항상 망신살과 관제수를 조심하라.
- 유명인사가 된 사람들은 반드시 겸손과 절제를 가져라.
- 가르침과 동기부여를 주는 '좋은 책'은 반드시 수중에 꼭 넣어라.
- 사람들에게 '동기부여'를 계속 유발시키면 누구나 성공을 한다.
- 자기 자신과 자녀에게 '끼'가 있으면 연예인으로 도전해보라.
- 모든 연예인은 '인기운'을 좋게 하면 인기를 얻을 수 있다.
- 모든 사람은 반드시 저마다의 한가지씩 '소질'을 타고난다.
- 자기 자신의 소질 및 장점과 강점을 찾아내어 최대로 활용하라.
- 실패와 실수는 성공의 어머니이니 지난날의 실패와 실수를 분석하여 더욱 배워서 반드시 더욱 큰 성공의 '디딤돌'로 삼아라.
- 살면서 만나는 모든 사람과 자연존재물을 '스승'으로 삼아라.
- 살면서 뼈저린 고통을 당해본 사람만이 행복의 귀중함을 안다.
- 삶의 고통과 고생으로부터 진정한 공부와 깨달음을 얻으라.
- 모든 삶은 본래가 생존경쟁을 위한 고생이 따르는 법이다.
- 인간의 삶은 혼자서는 살 수 없는 사회적 동물이다.
- 사람들과 함께 음식을 먹고, 함께 웃고, 친분과 신뢰를 쌓으라.
- 시기적절한 운때를 기다리는 '시간벌기'도 훌륭한 전략이다.

- 가게와 기업을 경영하는 것은 고도의 기술이 필요하다.
- 이익을 지배하는 것은 기본상식이고 일반경영이다.
- 부채를 지배하는 것은 목줄을 틀어쥔 전략경영이다.
- 운때를 지배하는 것은 가장 고도의 '운빨경영'이다.
- 기업을 경영할 때는 노·사가 모두 공동목표를 꼭 지향하라.
- 직원과 종업원은 실적에 대한 정당한 평가와 보상을 요구한다.
- 경영자와 사용자는 직원과 종업원을 '인격적'으로 대하라.
- 사람의 기본심리는 누구에게 대접 받기를 원한다.
- 사람의 기본심리는 누구에게 무시당하는 것을 싫어한다.
- 사람의 기본심리는 누구에게 지시받는 것을 싫어한다.
- 사람의 기본심리를 잘 파악해서 활용을 잘하라.
- 가장 훌륭한 경영은 머리보다는 마음의 '감동경영' 방법이다.
- 종업원과 사람들은 마음의 감동을 받으면 스스로 움직인다.
- 21세기는 함께 공생과 협력의 '공유사회개념'으로 진행된다.
- 21세기는 소셜미디어 문자메시지와 디지털 시대이다.
- 21세기 디지털 사회는 임시직 및 협업과 직거래 시대이다.
- 21세기 디지털 경제에서의 불완전 고용은 시대흐름이다.
- 21세기는 제5의 물결 창조경제와 창조문화의 새로운 시대이다.
- 21세기는 전문성을 가진 팀과 네트워크의 전성시대이다.
- 21세기는 기술과 문화의 창조와 재창조의 전성시대이다.

- 21세기는 지식정보화와 창조적 아이디어의 전성시대이다.
- 21세기는 '아이디어'가 노동과 자본보다 더 희소가치가 된다.
- 좋은 아이디어를 가진 소수의 사람이 더 큰 보상을 받게 된다.
- 21세기는 특별한 경험을 파는 '체험경제'의 시대이다.
- 21세기는 온라인 전성시대로 '공개강의'가 무한정으로 이루어진다.
- 21세기는 시대의 가치와 철학을 가진 '새로운 공부'를 하여라.
- 21세기는 인터넷보급의 '지식창고' 시대이니 지식을 가르치는 교육 보다는 '창의성'을 유도하는 '새로운 교육'을 하라.
- 21세기는 공급과잉시대이니 대체 불가능한 또는 대안을 찾을 수 없는 한 분야의 '최강자'가 되어 글로벌 시대에서 집요하게 거래처와 소비자의 요구를 공략하라. 평생 동안 한 분야에 전념하여 '히든 챔피언'이 꼭 되어라.
- 21세기는 디지털화·네트워크화·자동화의 시대이다.
- 21세기는 로봇과 인공지능 등이 인간과 공존하는 시대이다.
- 21세기는 로봇과 인공지능이 할 수 없는 '창의성직업'을 준비하라.
- 세상은 변화해 나아가고 21세기는 '제4차 산업혁명'시대이다.
- 현재 21세기 초반은 아주 중요한 '미래산업' 준비의 골든타임이다.
- 앞으로 미래산업과 미래사회의 예측을 대략해본다. 소비자 직접 구매 대중화·지식검색 대중화·딥러닝 대중화·모든 경계의 파괴 화·모든 기득권 파괴화·외국어 동시 통역기 대중화·현실과 가상

경계 파괴화·게임과 미디어 산업 경계 파괴화·스마트폰의 디지털 브레인화·3D프린팅 혁명으로 공장 개인화·가상화폐와 핀테크 등 금융의 다양화·생체인식보안 대중화·드론의 상용화·양자 컴퓨터 상용화·대체에너지 대중화·클라우드 펀딩 대중화·스마트 홈 시대 대중화·사물 인터넷 대중화·GMO산업의 세계화·에너지 집적기술 가속화·전기 자동차 대중화·자율 주행자동차 상용화·로보어드바이저의 대중화·인공지능과 생활 서비스로봇 대중화·웨어러블장치 대중화·줄기세포 의료서비스 상용화·모바일 주치의 대중화·뇌 인터페이스 실용화·산업융복합 일반화·바이오산업 활성화·나노기술산업 보편화·합성생물학의 상용화·자의식 인공지능과 자율 로봇의 상용화·모바일 주치의 대중화·레이저무기 실용화·사이보그인간 대중화·뇌신경 공학산업의 상용화·민간우주여행 상용화·초고속하이퍼루프기술 상용화·극초음속비행기 상용화·공중비행자동차상용화·인간의 자기복제 등등 많은 첨단기술의 '미래산업'이 예상된다.

- 4차 산업혁명은 물리학 및 생물학과 디지털 사이에 놓인 경계를 허무는 '기술적 융합'이 특징이다.
- 유전자공학과 합성생물학은 미래과학산업에 아주 중요하다.
- 21세기는 기술력이 세계시장에 군림하는 '승자독식'시대이다.
- 21세기는 '마이크로 다국적기업'으로 더욱 발전하게 된다.

- 핵심역량의 최소인원만 가지고, 나머지는 모두 아웃소싱을 하라.
- 21세기의 기술은 복잡한 부분을 제거해서 '간단화'를 시켜라.
- 21세기 디자인은 불필요한 부분을 제거해서 '단순화'를 시켜라.
- 21세기의 상품은 간단하고, 단순하고, 편리하게 만들어라.
- 특히 21세기의 개인에게 최대의 적은 인공지능·인식로봇·시스템화·자동화 등이다.
- 특히 21세기의 신인류시대에는 '생명에너지학'을 꼭 알아야 한다.
- 또한 21세기는 '실천철학'으로 반드시 나아가야 한다.
- 실천이 없는 기술·학문·종교·문화·인생 등은 진실이 아니다.
- 또한 21세기에는 끊임없이 변화와 혁신으로 '적응'을 잘 해야 한다.
- 혁신은 가장 어려운 것을, 변화는 가장 쉬운 것부터 실행하라.
- 상대방을 변화시키려면 나 자신부터 먼저 '자기변화'를 실행하라.
- 변화와 혁신에 앞서거나 적응하지 못하면 결국 도태를 당한다.
- 계속되는 변화와 혁신 그리고 집중과 끈기만이 살아남는다.
- 모든 직장은 억지로 일만하는 일터의 개념보다 배움과 성장·발전·보람·자아실현을 위한 '삶터'의 개념으로 의식을 바꾸라.
- 삶에 고통 없기를 바라지 마라. 삶은 생존경쟁의 고통이 따른다.
- 삶에는 고통과 아픔이 따라야 자기성찰과 성숙을 얻는다.
- 삶에의 고통과 고생은 오히려 강하고 큰 사람으로 만들어 준다.
- 삶에 넘어지는 것을 두려워 마라. 일어서기 위해 어린 아기는 1천

번을 넘어진 후에야 일어설 수 있었다.

- 넘어지면 일어서고 또 넘어지면 또다시 그것을 딛고 일어서거라.
- 도전과 열정 그리고 혁신과 집중만이 경쟁에서 살아남는다.
- 시장경쟁에서는 최고의 아이디어와 기술만이 살아남는다.
- 세계 최고 구글의 품질과 속도는 시스템화가 된 자동화이다.
- 모든 것을 시스템화와 자동화로 '최적화'를 잘 시켜라.
- 항상 현실을 직시하고 연구와 개발로 혁신과 발전을 계속하라.
- 항상 예상치 못한 상황까지도 '대비책'을 꼭 마련해 두어라.
- 비즈니스는 끝없이 계속 도전하고 배우고 성장하는 과정이다.
- 모든 일에 통합성과 시너지효과가 없는 것들은 정리를 하라.
- 살아남으려면 핵심역량과 통합성으로 '재편성'을 구상하라.
- 몸통이 살아남으려면 팔과 다리 하나쯤은 잘라 내어라.
- 때로는 부하들을 궁지로 몰아넣으면 함께 살길이 생긴다.
- 모든 결정과 결단은 빨리 내리는 것이 가장 효율적이다.
- 모든 것의 끝은 끝이 아니고 또 다른 시작의 시점일 뿐이다.
- 모든 것의 시작과 끝은 변화순환법칙의 어느 시점일 뿐이다.
- 모든 것은 현재만 존재하니 항상 현재에 최선의 노력을 하라.
- 무슨 일이든 계획과 준비를 잘하고 중간에 '보완'을 잘 해가라.
- 평생 동안 밥을 먹는 것처럼 끊임없이 배우고 능력을 키워라.
- 명성과 능력을 갖춘 도움이 되는 친구와 사람을 잘 사귀어라.

- 인생에 능력을 갖춘 친구 5명만 있으면 세상도 바꿀 수 있다.
- 인생에 좋은 동반자를 잘 만나는 것은 가장 큰 행운이다.
- 사랑은 받을만한 '자격'을 갖춰야 비로소 얻을 수 있다.
- 진정한 사랑은 받으려고만 하는 것보다 주려고 하는 것이다.
- 이 세상은 말을 잘하는 사람이 성공과 출세를 더욱 잘한다.
- 말을 할 때는 분위기파악과 믿을 수 있는 근거로 말을 잘 하라.
- 말을 잘하려면 정확한 논리와 적당한 속도 및 높고 낮음 그리고 좋은 목소리와 온몸으로 표현을 잘하라.
- 성공출세와 사랑을 잘하려면 목소리의 톤 사용을 잘하라.
- 사람들은 상대방의 좋은 목소리 톤에 가장 감동을 받는다.
- 포용력과 지혜로운 큰 사람이 되려면 상대의 말을 잘 들어주어라.
- 더 잘 알고 있는 경험자와 전문가의 자문과 조언을 잘 들어라.
- 어리석은 사람은 듣고 싶은 말만 들으려하고, 지혜로운 사람은 진실과 진리의 말을 들으려고 한다.
- 듣고 싶은 말만 듣기보다는 사실과 진실의 말을 잘 들어라.
- 사람들은 만남의 '첫인상'을 가장 중요시 하고 오랫동안 기억한다.
- 첫 만남과 첫인상은 누구든 또는 무엇이든 무조건 좋게 하라.
- 사랑받고 싶으면 사랑받을 만한 가치가 있는 사람이 되어라.
- 존경받고 싶으면 존경받을 만한 가치가 있는 사람이 되어라.
- 세상살이와 인생살이는 사람 만남과 일 만남의 연속이다.

- 사람을 만나서 비즈니스를 할 때는 '상담'을 잘하라.
- 친밀하게 상담 등을 잘하려면 직각으로 '자리배치'를 잘하라.
- 자리배치에서 옆자리와 왼쪽에 앉게 하면 대체로 호의적이다.
- 싫은 손님은 반대되는 정면 또는 오른쪽에 자리배치를 하라.
- 마주보는 사람끼리는 대체로 반론으로 다툼이 많이 따르고, 옆 사람하고는 대체로 동조로 화합이 많이 따른다.
- 둥근 원탁은 평등·친구·동료의식이 되고 생각을 유연하게 한다.
- 친밀한 말이나 사랑고백을 할 때는 '왼쪽 귀'에다 속삭여라.
- 관계를 좋게 하고 싶거나 친밀하고 싶거든 함께 '식사'를 잘하라.
- 일을 성공시키려면 목적과 계획 그리고 준비를 철저히 잘하라.
- 비즈니스미팅을 앞두고는 상대의 사전조사와 준비를 잘하라.
- 비즈니스를 잘하려면 상대의 취향·취미·식성·가족·종교·건강 그리고 고향·학력·경력 및 목적 등을 먼저 잘 파악해 두어라.
- 비즈니스 미팅은 첫인상이 중요하고 마지막 인상은 더욱 중요하다.
- 비즈니스 업무는 아는 만큼 보이고 준비하는 만큼 얻는다.
- 사업은 개인과 법인으로 나누고, 법인은 사업·사단·재단 등이다.
- 재단법인은 사회공익이 취지이니 설립운영에 신중을 하라.
- 재물의 모임 '재단'은 재산과 돈을 사회에 베푸는 것이다.
- 세상과 인생살이는 법칙과 순리를 따르고 도리를 잘 지켜라.
- 하늘말씀에 불효·동성애·살인 행위는 가장 큰 죄악이라 한다.

- 어버이를 공경하고 효도함은 하늘의 가르침이고 '근본도리'이다.
- 부모님이 효도를 행하면 그 자녀들도 스스로 효행을 따른다.
- 효도와 효행을 잘하는 사람은 대부분 노년이 행복하게 된다.
- 아내가 남편을 잘 섬기면 대부분 잘 살고 자식복이 따른다.
- 남편이 가정을 잘 이끌면 반드시 노년이 편안하게 된다.
- 착하고 어진 아내를 만나게 된 것은 남자의 가장 큰 복이다.
- 지혜로운 아내는 남편을 존경하고 집안을 화목하게 만든다.
- 학교와 국가에서는 반드시 여성교육과 '주부교육'을 잘 시켜라.
- 여성들은 어른이 되면 결혼을 하고 가정살림재정을 맡는다.
- 경제개념과 재테크 능력이 없는 가정주부는 엉터리 살림꾼이다.
- 엉터리 살림을 하는 가정주부는 가정경제와 나라경제를 망친다.
- 모든 여성과 가정주부는 반드시 경제와 '재테크공부'를 꼭 하라.
- 모든 여성은 주부가 되고, 주부의 주자는 '주인 -主'를 의미한다.
- 한 가정의 잘되고 못됨은 90% '주부'의 역할과 복운(福運)이다.
- 가정주부의 경제개념 그리고 운과 복이 가정전체를 좌우한다.
- 여성과 가정주부의 지혜로움이 가정과 사회를 평화롭게 만든다.
- 가정이 행복하려면 부부가 공동의 목표와 함께하는 취미를 가지라.
- 가정이 행복하려면 배우자의 좋은 점을 칭찬해주고 용기를 주어라.
- 가정이 행복하려면 부부가 서로 믿어주고 거짓말을 하지 말라.
- 가정이 행복하려면 배우자의 식사에 세심한 배려를 해주어라.

- 가정이 행복하려면 가족이 편히 쉴 수 있게 분위기를 잘 만들어가라.
- 옛날부터 여자가 잘 들어와야 집안이 잘된다고 말해 왔다.
- 정신과 내면이 성숙된 여성과 사람은 늙어도 아름답다.
- 사람이 꽃보다 아름다운 것은 미소와 웃음이 있기 때문이다.
- 사람이 꽃보다 아름다운 것은 사랑이 있기 때문이다.
- 사람이 꽃보다 아름다운 것은 마음씨가 있기 때문이다.
- 씨앗 중에 최고는 마음씨앗이고, 꽃 중에 최고는 웃음꽃이다.
- 마음의 씨앗을 진실과 정성으로 착하게 잘 키워 나아가라.
- 세상살이와 인생살이는 인연과 악연의 지은 대로의 '과보'이다.
- 이웃은 사촌이라고 하니, 항상 좋은 이웃을 만들어가라.
- 동료는 삼촌·이모라고 하니, 항상 좋은 동료를 만들어가라.
- 친구는 형제·자매라고 하니, 항상 좋은 친구를 만들어가라.
- 주위에 좋은 사람이 많으면 인생은 살맛이 나고 잘 살게 된다.
- 곁에 있을 때 많이 사랑해주지 않으면 떠난 후에 후회한다.
- 몸이 성할 때 스스로 절제하지 않으면 병든 후에 후회한다.
- 공직에 있을 때 겸손하지 않으면 공직을 떠난 후에 후회한다.
- 잘 나갈 때 절약과 저축을 하지 않으면 망한 후에 후회한다.
- 쾌락은 짧고, 후회는 길고, 평판은 더욱 길게 간다.
- 오래 살려면 감정을 조절하고, 행동을 절제하고, 겸손하여라.
- 지나치게 자랑하고 사치하면 시기질투의 표적이 된다.

- 지나치게 혼자만 앞서가면 시기질투의 표적이 된다.
- 윗사람은 아랫사람들의 아부와 충성심을 잘 구별하라.
- 그 사람의 진짜를 알려거든 그 사람의 선택을 잘 지켜보라.
- 경영과 운영을 잘하려면 수많은 '이해관계자'를 잘 연구하라.
- 이해관계자들은 대다수가 '이해득실'로만 선택결정을 한다.
- 선거와 다수결은 민주주의의 좋은 방법이지만 대다수의 투표권자는 자신의 이해득실로 투표하기 때문에 최선책이 아닐 수도 있다.
- 다수결제도의 무식한 다수가 유식한 소수를 이길 수도 있다.
- 투표권자의 대다수는 이해득실로 투표를 하니 선거출마와 회의의 의결을 하고자 할 때에는 '이해득실'의 전략을 잘 세우라.
- 통치와 경영을 할 때는 원칙과 정도가 가장 강한 방법이고, 때로는 중도와 중용 그리고 융통성이 가장 좋은 방법이다.
- 통치와 경영을 할 때는 함께 먹는 '음식정치'를 잘하라.
- 통치와 경영을 할 때는 큰 벌을 내려서 감히 못하게 하고, 때로는 큰 상을 내려서 스스로 행하도록 유도를 잘하라.
- 통치자는 항상 인재를 잘 발굴하고, 잘 경청을 하고, 잘 다스리라.
- 통치자는 외교적 외치와 국내적 내치를 함께 잘 살펴라.
- 통치자는 아랫사람들이 외부세력을 절대로 이용하지 못하게 하라.
- 통치자는 아랫사람들이 내분이 일어나지 않도록 항상 주시하라.
- 통치자는 국무회의 및 국가 정책 조정회의 등에서 '정책조정'을 잘

하고, 필요할 때는 자문요청과 협치까지도 잘 구상을 하라.

- 통치자는 외부의 힘을 의지 말고 '자신의 힘'으로 유지시켜 나아가라.
- 통치자는 민심과 민의를 우선시하고 '국면전환'을 잘해 나아가라.
- 통치자는 속마음과 감정을 드러내지 말고 항상 잘 숨겨라.
- 큰 사람은 칭찬에도 비방에도 위기에도 결코 흔들리지 말라.
- 큰 인물이 되려면 큰 산처럼, 큰 나무처럼 흔들리지 말라.
- 큰 인물이 되려면 사람을 다룰 줄 아는 '큰 도량'을 기르라.
- 큰 인물이 되려면 자기가 하는 일에 절대로 '충직'하여라.
- 큰 인물이 되려면 공익정신과 희생정신을 가져라.
- 큰 인물이 되고 싶으면 젊어서부터 야망과 '큰 꿈'을 품어라.
- 작은 꿈을 품으면 작은 사람이 되고, 큰 꿈을 품으면 큰사람이 되고, 큰 꿈과 야망이 있는 사람은 무엇인가 꼭 이루어낸다.
- 큰 인물이 되고 싶거든 반드시 평생에 꼭 한번 '운명진단'으로 자기자신의 그릇크기 등 '종합미래운'을 꼭 확인을 받아라.
- 사회는 보수층들이 이끌어가고, 진보층들은 항상 혁신을 요구한다.
- 단체의 보수층은 분열을 조심하고, 진보층은 좌층수를 조심하라.
- 확신편향 또는 과신편향의 사람은 대단히 위험한 사람이다.
- 편향된 사람은 반대의사나 정보는 원천무시를 해버린다.
- 특히, 좌편향된 사고방식의 사람들은 사회의 위험인물들이다.
- 좌편향의 사람도 우편향이 사람도 사회의 위험인물들이다.

- 편향성은 왜곡을 초래하니 중도와 합리성을 가져라.
- 사람의 주변 환경과 언행의 습관은 사람을 그렇게 만들어 간다.
- 부정적 말투와 불평을 항상 하는 사람은 가까이 하지 말라.
- 변덕과 변심으로 지조와 의리가 없는 사람은 가까이 하지 말라.
- 허영심이 세거나 허세를 부리는 사람은 가까이 하지 말라.
- 거짓말을 잘하거나 약속을 잘 어긴 사람은 가까이 하지 말라.
- 사기꾼은 뇌 속까지 거짓으로 가득하니 평생 가까이하지 말라
- 폭언·폭행·마약·술주정을 하는 사람은 가까이 하지 말라.
- 무식하고 능력도 없으면서 게으른 사람은 가까이 하지 말라.
- 성질과 성격이 나쁘고 마음씨가 독한 사람은 가까이 하지 말라.
- 항상 손해 실패만 당하고 운이 나쁜 사람은 가까이 하지 말라.
- 의혹이 많고 신뢰 및 신용이 없는 사람은 가까이 하지 말라.
- 세상살이와 인생살이 모든 것은 자업자득이고 인과법칙이다.
- 부모님의 언행과 습관이 자녀들의 평생 언행과 습관을 만든다.
- 사람은 모두 업(業)의 상속자이고 지은 대로 되받는 것이다.
- 모든 고통은 악업 때문이니 선업으로 중화시키고 '선행'을 하라.
- 조상부모님이 공덕을 쌓으면 후손 자녀들이 '음덕'을 받는다.
- 후손과 자녀들이 잘 되기를 바라거든 선행으로 '공덕'을 쌓으라.
- 자녀들이 잘 되기를 바라거든 공들여 '교육'을 잘 시켜라.
- 현대교육과 해외유학들의 가장 큰 잘못은 그 나라 '전통문화'의

뿌리들을 잃게 하는 것이다.

- 모든 나라와 모든 민족은 '전통문화'를 꼭 계승시켜 나아가라.

- 자녀들은 학교에서 지식만 배울 뿐 참교육을 못 받는다.

- 자녀들 교육은 부모가 가정에서 '밥상머리교육'을 잘 시켜라.

- 3살 버릇 80살까지 가니 자녀들 '버릇교육'을 잘 시켜라.

- 인성과 습관은 아주 중요하니 인성과 '습관교육'을 잘 시켜라.

- 자녀들에게 꿈·희망·가능성·긍정심·목표·자립의지를 심어 주어라.

- 창의성 인재를 못 키우는 잘못된 국·영·수 위주의 입시교육 및 시험 준비 위주의 공부는 교육정책과 시스템을 반드시 '개선'하라.

- 단순지식의 전달은 '스마트폰' 검색 등에 모두 맡겨라.

- 스마트폰 검색은 모든 지식의 '보물창고' 역할을 대신 해준다.

- 아이들은 타고난 천성·두뇌·체질·소질·용모 등 '적성'을 잘 살려라.

- 아이들은 타고난 천성과 소질·재능으로 '진로'를 잘 잡아주어라.

- 학생들의 교육과 진로는 20~30년 후 '미래사회'를 예측 준비하라.

- 과거와 현재형 교육에서 20~30년 후 '미래형 교육'을 꼭 시켜라.

- 인문사회계열보다는 '이공계열 교육'을 더욱 확충시켜라.

- 아이들의 진로는 인공지능이 대체할 수 없는 분야를 준비시켜라.

- 아이들은 전생의 삶과 유전인자성 진로개발이 가장 우선적이다.

- 수학능력평가시험보다는 '천성소질진로상담'을 더욱 중요시하라.

- 타고난 소질과 재주를 일찍 발견하고 '집중계발'을 시켜주어라.

- 고등교육이나 대학교육은 모두 '특성화 집중교육'으로 꼭 나아가라.
- 자녀를 성공시키려면 꼭 좋은 책과 훌륭한 스승을 만나게 하라.
- 자녀들 교육은 '독서습관'만 잘 길러주면 스스로 성공을 한다.
- 책을 읽지 않은 아이는 결코 앞설 수도 없고 성공할 수도 없다.
- 자녀들에게 일찍부터 '경제개념'과 '금융공부'를 꼭 시켜라.
- 교육은 의문에 대한 '해답'을 잘 찾게 해주는 수단이다.
- 참 교육은 세상을 제대로 잘 볼 수 있는 '안목'을 가르치는 것이다.
- 모든 교육은 인생살이와 사회생활을 잘하기 위한 준비이다.
- 자녀들 방의 책상 위치는 출입문을 등지지 않게 배치를 잘하라.
- 자녀들 방의 위치 방향은 집중이 잘 되도록 '북향 방'을 사용하라.
- 별들이 빛나는 우주 사진을 바라보면 창의력이 좋아진다.
- 자녀들의 성격개선과 습관 길들임은 성공과 삶의 질을 높인다.
- 나쁜 천성과 습관은 '개운법'으로 하루 빨리 꼭 '개선'시켜 주어라.
- 어릴 때부터 '좋은 습관 길들임'은 성공출세의 황금열쇠이다.
- 아이들은 어릴 때부터 '인맥형성'이 잘 되도록 만들어 주어라.
- 인맥은 사람을 움직여 도울 수 있게 하는 사회생활의 황금 열쇠이다.
- 학창시절 때 학생회장 등의 경험들은 사회에 진출해서도 리더십을 발휘하게 되니 학생회장 등의 경험을 꼭 시켜주어라.
- 사회의 주류와 주도자가 되게 하려면 중심가에서 살게 하라.
- 큰 사람으로 키우고 싶거든 중심가에 집이나 가게를 꼭 가져라.

- 일을 하든, 운동을 하든, 모임을 하든 항상 중심과 중앙에 서라.
- 도전 정신과 모험심으로 무엇이든 시도를 해보아라.
- 아무것도 시도하지 않으면 아무것도 얻지를 못한다.
- 천재는 태어나지만, 인재는 공부와 추구 및 경험으로 만들어진다.
- 희망과 꿈을 가지라. 꿈이 있어야 살아 있는 것이다.
- 인생의 꿈이 무엇이든 그 꿈을 계속해서 좇고 따라가거라.
- 인생길을 가다가 넘어지거든 그 땅을 딛고 다시 일어나거라.
- 인생살이는 아는 만큼 보이니 공부와 경험을 많이 해 두어라.
- 모든 배움은 어른이 되어 사회생활을 잘하기 위한 준비이다.
- 가장 훌륭한 교육은 가치관 형성과 자주독립심의 확립이다.
- 자주독립심은 결국 직업과 경제활동을 잘 할 수 있는 능력이다.
- 경제활동보다 더 위에는 사회활동이 있고 가치활동이 있다.
- 자녀들을 잘 키워서 목표실현과 한국의 명문가가 되어 보라.
- 국가의 명문가가 되려면 몇 대를 걸쳐서 삶을 지탱하는 정신과 철학을 가풍으로 이어지게 할 수만 있으면 누구나 가능하다.
- 한국 최고의 경주최씨 최부잣집이 300년간 존경을 받은 부자로 명망을 얻은 비결은 훌륭한 자녀교육과 훌륭한 가훈이 있었다.
- 세계의 가장 우수한 민족 유대인은 스승과 제자 또는 아버지와 자녀가 마주보고 앉아서 가르침과 배움 그리고 인생상담을 해주는 2,000년 전통의 '도제식교육'을 이어가고 있다.

- 우수한 민족 유대인들은 '구약성경'만 믿는 유대교를 신앙한다.
- 우수한 민족 한국인은 의식혁명과 교육혁신을 반드시 행하라.
- 누구나 어느 집이든 또는 어느 민족이든 지금부터라도 100년 또는 1,000년 동안의 목표와 지침으로 실천을 하면 모두가 가능하다.
- 누구나 어느 집이든 작은 것부터 시작해서 1주일 또는 1개월 또는 분기별 그리고 명절마다 '가족모임'으로 어른과 아이 간에 가르침과 배움 또는 친목으로 자연스레 꼭 실천을 해 보아라.
- 아이는 어른의 또는 자녀는 부모의 행동을 보면서 배우게 된다.
- 훌륭한 교육과 전통은 계속해서 후대로 이어지고 이어가라.
- 모든 사람은 경제적 자립과 자존을 위해 '직업'을 잘 가져라.
- 경제활동과 일을 위한 취직 및 취업과 창업은 매우 중요하다.
- 성공한 사람은 자기 자신이 잘 아는 것을 하고, 실패한 사람은 자기 자신이 잘 모르는 것을 한다.
- 성공한 사람은 일을 정성스럽게 정확하게 하고, 실패한 사람은 일을 대충으로 성급하게 한다.
- 성공한 사람은 생각한 것을 곧 실천을 하고, 실패한 사람은 실천을 자꾸만 뒤로 미룬다.
- 성공한 사람은 나쁜 습관들을 개선한 사람이고, 실패한 사람은 나쁜 습관들을 개선하지 못한 사람이다.
- 성공한 사람은 시간을 잘 관리하고, 실패한 사람은 시간을 허비한다.

- 성공한 사람은 끝까지 버텨내고, 실패한 사람은 포기만 한다.
- 성공출세와 부자가 되려면 20살 이전에 반드시 삶의 목표와 인생의 진로를 정하고 그 목표를 평생 동안 '삶의 기준'으로 삼아라.
- 인생살이에 평생 동안의 '삶의 기준'이 있는 사람은 꼭 성공을 한다.
- 직업은 반드시 잘 할 수 있는 것을 선택하고 '분야별 최고'가 되어라.
- 취직 및 취업을 할 때는 이력서와 자기소개서를 잘 작성하라.
- 먼저 이력서와 자기소개서를 잘 써야 면접기회가 주어진다.
- 이력서 작성방법은 ① 연대기순 ② 연대기 역순 ③ 학력중심 ④ 경력중심 등이 있고, 채용해 주는 쪽의 '적합성'에 꼭 맞도록 작성을 잘 해야 하며, 글씨는 굵고 선명하게 또박또박 안 틀리게 잘 써야 하고, 본인이 잘 알거나 또는 잘 할 수 있는 특기사항의 강조와 도전·열정·긍정·자신감 등을 잘 표현해야 한다.
- 면접을 볼 때에는 사전에 채용해 주는 기업이나 기관 또는 업체에 대해 정보를 많이 알아두고, 면접시간을 잘 지키고, 깔끔한 정장 옷차림과 밝은 표정·공손한 태도·좋은 인상·정확한 발음·세련된 말씨로 말을 잘하고 반드시 면접관에게 '호감'을 주어야 한다.
- 채용면접과 취직 및 취업은 계획과 준비를 철저하게 잘하라.
- 취직과 취업 및 창업은 사회경제생활의 또 다른 시작이다.
- 젊은이여! 취직과 취업보다는 도전과 모험으로 '창업'을 하라.
- 젊은이여! 직장보다는 평생 할 수 있는 '직업'을 더 중요시하라.

- 직업을 선택했으면 10년 이상 인내하면서 꼭 '본업'에 충실하라.
- 현대사회는 평생공부 그리고 평생재테크와 평생직업시대이다.
- 세상살이는 아는 만큼 보이고, 이해를 해야 권리를 찾는다.
- 모든 조직과 단체 및 회사·기업의 운영과 경영을 잘 배워두어라.
- 모든 조직·단체·회사·기업 등은 임원회의와 정기총회를 한다.
- 모든 조직·단체의 임원과 회원 및 주주는 기본 재무와 회계 등 '재무상태표'를 꼭 볼 줄 알아야 한다.
- 재무상태표(대차대조표)에서 ① 현금흐름표 ② 손익계산서 ③ 재무비율 등을 알아야 하고 또한 경영을 알아야 한다.
- 기업들의 재무적 의사결정은 사업의 '가치평가'를 중요시하라.
- 가치평가가 높으면 높은 주가와 수익창출의 기회가 많아진다.
- 높은 가치평가는 인수합병에서 큰 수익금을 지불받는다.
- 높은 가치평가는 대출은행과 투자자에게 돈을 더 요구할 수 있다.
- 기업의 미래전망이 좋으면 가치평가는 계속 상승을 한다.
- 기업과 사업 및 장사를 하려면 항상 '재무상태'가 좋아야 한다.
- 기업과 사업의 재무를 알려면 먼저 '현금흐름표'를 보아라.
- 현금흐름표는 월간 또는 연간의 성과를 추적하는 데 유용하다.
- 현금흐름표는 특정기간 동안의 은행계좌를 확인하라.
- 은행계좌에 현금을 예치하는 것과 현금을 인출하는 것이다.
- 현금흐름표는 현금흐름발생의 출처를 구분해서 추적을 하라.

- 현금은 은행계좌에 있든지 또는 금고에 있든지 둘 중 하나이다.
- 현금의 유입은 ① 영업활동 ② 투자 ③ 자금조달 등이다.
- 현금흐름은 인출보다 예치가 많아야 하고 0이 되면 안 된다.
- 또한 기업들은 '자유현금흐름'이 필수적이고, 기업의 운영을 유지하기 위한 자유현금흐름은 클수록 더욱 좋다.
- 기업과 사업을 할 때 현금은 중요하지만 '이윤'은 더욱 중요하다.
- 기업과 사업은 장기간의 이윤이 없으면 반드시 망한다.
- 판매와 수익을 판단하기 위해서는 '비용'을 연결해서 추적을 하라.
- 기업회계는 '발생주의'와 수익과 비용을 대응시키는 '대응원칙'을 기본원리로 하고 있다.
- 기업의 손익계산은 매출 − 상품원가 − 비용 − 세금 = 순이익이다.
- 특히, 회계의 대응원칙에서 전문가들은 잠재적 편향을 잘 써서 공식 또는 가정 등을 변경해 이윤선을 '조정'할 수도 있다.
- 기업들은 특정기간에 기업의 순가치를 대차대조표로 작성을 한다.
- 기업들은 지난 1~2년간의 회계를 회계년도 마지막날을 기준으로 계산한 대차대조표를 작성·보고·고시를 한다.
- 기업들은 많은 자산과 부채 그리고 자본으로 구성되어 있다.
- 자산이란 시설과 설비·제품·재고·외상매출계정·현금 등이다.
- 부채는 대출금·조달자금·외상매입계정·채무 등이다.
- 자본은 소유주지분의 자본 및 투자자자본과 유보이익금 등이다.

- 기업의 대차대조표는 양쪽의 합산수치가 균형을 이뤄야 한다.
- 대차대조표는 해당 기업의 재무적 건전성과 지불능력 여부 등 '기업가치'를 판단하는 귀중한 자료이다.
- 특히, 대차대조표는 수치의 편향을 줄 수 있는 가정 또는 추정이 있으니 대차대조표를 볼 때는 '주석'을 꼭 함께 잘 살펴라.
- 기업과 사업을 할 때는 항상 '재무비율'을 꼭 알아야 한다.
- 재무비율을 보면 특정부분의 비즈니스를 잘 판가름할 수 있다.
- 재무비율을 '산업평균'과 비교해 보면서 해당기업의 성과를 알라.
- 수익성비율은 이윤을 창출하는 그 기업의 능력을 표시한다.
- 자산수익률은 그 사업에 투자된 자산 대비 이윤을 나타낸다.
- 타인자본비율은 그 기업이 빚을 얼마나 쓰고 있는지를 나타낸다.
- 유동성 비율은 청구서에 지급할 수 있는 그 기업의 능력을 나타낸다.
- 효율성 비율은 그 기업이 얼마나 효과적으로 자산과 부채 등을 잘 관리 하는지를 나타낸다.
- 재무분석 등의 목적은 의사결정을 잘하기 위해서이다.
- 재무제표를 검토할 때 투자수익률·총자산수익률·재고회전률·매출채권회수율·재무비율 등은 '사업건전성' 확인에 중요하다.
- 또한 비용과 편익분석으로 비용 대비 편익을 잘 검토하라.
- 투자수익률은 시간·노동·자본 등의 투자에서 생기는 가치이다.
- 매몰비용은 일단 투자가 된 후에 회복될 수 없는 시간·노동·에

너지·자본 등의 총체를 말한다.

- 모든 사업은 '매몰비용'이 발생되어서는 절대로 안 된다.
- 경영은 누구나 할 수 있지만, 아무나 잘 할 수는 없다.
- 급변하는 비즈니스 세계에서는 반드시 '방향성'을 잘 잡아라.
- 모든 기업과 사업은 근본적으로 사람과 시스템에 의존한다.
- 기업은 전략이 필요하고, 경영자는 인재와 시스템을 잘 관리하여 조직을 반드시 '목표'로 이끌어라.
- 사업과 영업은 사람들이 꼭 사고 싶어하는 상품을 제공하라.
- 모든 사업과 영업을 시작할 때에는 먼저 '시장조사'를 잘하라.
- 시장성이 없는 사업과 영업은 결코 시작하지 말라.
- 사업과 영업을 성공하려면 반드시 '마케팅'을 잘하라.
- 마케팅은 잠재고객을 찾는 과정의 과학이고 기술이다.
- 마케팅을 성공하려면 저렴한 비용으로 구매력이 있는 잠재고객층을 최대한 빨리 많이 끌어들이는 것이다.
- 마케팅으로 이목을 집중시키고, 판매로 거래를 잘 성사시켜라.
- 대인관계와 영업에서는 선물과 서비스를 잘 활용하라.
- 선물과 서비스는 '심리적 부담'을 느끼게 하고 보답으로 되돌아온다.
- 모든 사업과 영업의 가장 큰 자산은 바로 '고객'이다.
- 모든 사업과 영업의 최고전략은 '고객만족'이다.
- 잠재고객들을 구매고객 및 신규고객으로 꼭 만들고 그리고 단골

고객으로 계속 잘 유지시켜 관리를 잘해 나아가라.

- 고객관리를 위해서는 '고객리스트' 작성과 보관으로 잘 활용하라.
- 단골고객이 거래가 뜸할 때는 서비스 등으로 '재활성화'을 유도하라.
- 신규고객을 유치하거나 또는 잃어버린 고객을 되찾으려면 비용과 시간이 너무나 많이 들어간다.
- 모든 사업과 영업에서 고객과의 약속은 '최선'으로 잘 지켜라.
- 상품의 ① 주문 ② 배송 ③ 고장수리 등 '고객지원'은 최선을 하라.
- 최고기업이 되려면 고객의 기대 이상의 서비스를 제공하라.
- 기대 이상의 만족을 줄 때 고객은 충성고객이 되고 재구매를 한다.
- 충성고객은 주위 사람들에게 '입소문효과'까지 협조한다.
- 한 사람의 주위에는 가족·친구·동료 등 최소 10 사람이 존재한다.
- 실패한 사업과 영업은 고객만족을 주지 못했기 때문이다.
- 좋은 상품과 고객만족으로 계속해 나아가면 반드시 성공을 한다.
- 현대사회는 공급과잉과 불확실한 무한경쟁의 '글로벌시대'이다.
- 모든 사람은 한 가지 분야에서 반드시 1류급 전문가가 되어라.
- 자손대대로 가업을 이으면 유전인자적으로 가장 잘 할 수 있다.
- 큰돈과 대박은 목숨 걸고 도전하고 모험하는 사람들의 것이다.
- 성공을 하고 행복하려면 항상 '절대긍정'으로 살아가라.
- 사업과 장사의 자본투자는 최악의 불경기 때 과감히 행동하라.
- 경제위기는 항상 극복되어지니 바닥일 때 '올베팅'을 감행하라.

- 모든 경제의 경기 사이클은 등락과 '순환반복법칙'이 계속된다.
- 모든 경제는 폭락직후에는 폭등을 하고 바닥을 찍으면 올라간다.
- 글로벌 시장경제체제하의 자본투자는 세계 각국과 분야별 산업 중에서 위기예상과 위기발생으로 '폭락시장'을 잘 찾아라.
- 고위험 중의 고수익 발견은 고도기술의 투자법칙이다.
- 할 수 있다는 자기신념으로 자신감과 긍정심으로 살아가라.
- 항상 긍정심으로 생각을 바꾸고 희망과 큰마음으로 살아가라.
- 생각을 백 번 천 번 계속하면 그 '생각대로' 꼭 되어진다.
- 말을 백 번 천 번 반복하면 그 '말대로' 꼭 이루어진다.
- 간절히 소망하는 것들을 자기 암시로 '잠재의식'에 입력시키라.
- 의식과 잠재의식에 입력되고 각인이 되면 반드시 이루어진다.
- 시공을 초월한 예시적 꿈에는 잡꿈도 없고 개꿈도 없다.
- 시공을 초월한 예시적 꿈에는 좋은 꿈과 나쁜 꿈만 존재한다.
- 꿈의 내용은 그 사람의 생각·하는 일·믿는 종교 등 마음의 내용들이 투영되어 상징적으로 많이 나타나니 '상징해석'을 잘하라.
- 꿈 한번 잘 꾸고 꿈풀이를 잘하면 큰 행운을 잡는다.
- 꿈 한번 잘못 꾸고 꿈풀이를 잘하면 큰 불행을 피한다.
- 특이한 꿈을 꾸면 큰 점쟁이에게 꼭 '꿈풀이'를 물어보아라.
- 특이한 태몽을 꾸면 큰 점쟁이에게 꼭 '꿈풀이'를 물어보아라.
- 태몽은 그 아이의 '평생운명'이 예시되어 정말로 중요하다.

- 환자 또는 기업인 및 정치인은 '꿈의 예시'를 항상 잘 살펴라.
- 관심을 가지고 꿈 예시를 잘 점검하면 준비와 대비를 잘 할 수 있다.
- 삶을 잘 살려면 남에게 미움과 원한을 사거나 척을 짓지 말라.
- 삶을 잘 살려면 충동심을 자제할 줄 아는 강한 사람이 되어라.
- 삶을 잘 살려면 분노심을 자제할 줄 아는 강한 사람이 되어라.
- 삶을 잘 살려면 근면과 성실로 규칙적 '아침형인간'이 꼭 되어라.
- 삶을 잘 살려면 효율적으로 '시간관리'를 잘하여라.
- 시간관리를 못하면 항상 시간에 쫓기고 시간에 끌려 다닌다.
- 삶을 잘 살려면 자기 자신의 '본분과 분수'를 꼭 지켜라.
- 본분과 분수를 망각하면 손해·관재·구설·망신살을 당한다.
- 대화를 나눌 때는 상대의 눈높이로 맞장구를 잘 쳐주어라.
- 상대의 좋은 점을 알아내어 좋은 점은 칭찬을 잘 해주어라.
- 칭찬을 잘 해주면 바보가 천재가 되고 적이 친구가 된다.
- 칭찬을 잘 해주면 능률과 효과가 열배까지 상승할 수 있다.
- 충고를 할 때는 먼저 칭찬을 해주고 그리고 행위만을 충고하라.
- 충고와 꾸중을 하고는 반드시 우호적인 분위기로 잘 마무리하라.
- 모든 업무와 일은 실력과 능력이 있는 사람에게 꼭 맡겨라.
- 모든 전문적인 일은 반드시 그 분야의 '전문가'에게 꼭 맡겨라.
- 어떤 경우에도 능력이 없는 사람에게는 일을 맡기지 말라.
- 어떤 경우에도 적임자가 아니면 인사발령을 하지 말라.

- 비전문가에게 일을 맡기는 것은 함께 망하는 지름길이다.
- 자기 자신이 잘 모르는 분야에는 절대로 손을 대지 말라.
- 잘 모르거나 운까지 안 따르면 반드시 손해와 실패가 따른다.
- 사람을 쓸 때는 능력 및 용모가 직위에 반드시 '적합'해야 한다.
- 노동자는 오직 '근면성실'로 맡은 일을 잘하는 사람이 꼭 되어라.
- 노동자는 한 가지 분야에서 일 잘하는 '전문가'가 꼭 되어라.
- 노동자는 한 분야 조직 내에서 꼭 '필요한 사람'이 되어라.
- 노동자가 일을 잘하거나 꼭 필요하면 절대로 퇴출을 안 당한다.
- 시키는 일만하는 사람은 평생 동안 노동자 머슴 노릇만 한다.
- 시키지 않은 일까지 스스로 하는 사람은 반드시 사장님이 된다.
- 일을 임하는 생각의식이 평생 머슴살이와 주인으로 만들어 간다.
- 일을 할 때 '주인의식'으로 하는 사람은 언젠가는 주인공이 된다.
- 일을 할 때 종업원 의식으로 하는 사람은 평생 종업원으로 산다.
- 성공출세와 부자가 되고 싶거든 즉시 '생각의식'을 모두 바꾸어라.
- 열심히 땀 흘려 일하지 않는 '폭력시위꾼'들은 나쁜 사람이다.
- 열심히 일하는 노동자들의 귀한 노동을 너무 저임금으로 노동착취를 하거나 임금을 떼어먹는 기업인은 나쁜 사람이다.
- 나쁜 사람들은 타고난 천성과 본성이 그러하기 때문이다.
- 사람의 타고난 천성적 성격과 성질은 결코 바뀌지 않는다.
- 사람의 타고난 천성은 자기 노력으로는 절대 못 바꾼다.

- 무슨 일이 닥쳤을 때 그 사람의 천성과 본성은 그대로 드러난다.
- 계획 고의성의 범죄꾼들은 악한 천성과 본성의 모습이다.
- 사기꾼과 살인자의 본성은 절대로 개선되지 않는다.
- 모든 사람은 국가에 세금을 납부해야 하는 납세의무가 있다.
- 세금은 ① 국세와 지방세 ② 보통세와 목적세 ③ 내국세와 관세로 구분하고 한국에는 현재 26가지의 세금종류가 있다.
- 국세청의 통합전산망 슈퍼컴퓨터는 모든 국민의 '주민등록번호' 등으로 개인별 부동산과 금융의 자산소유 및 거래내용과 세금납부 등이 모두 포착되어 언제나 감시·감독하고 있음을 알아야 한다.
- 한국국민의 재산세는 매년 6월 1일자 기준의 부동산 등기소유자에게 과세를 하니 부동산 분양과 매매할 때의 잔금지불과 등기접수 등은 시기날짜의 '조정선택'을 잘하라.
- 재산세·종합부동산세·종합소득세·금융소득종합과세 등의 세금을 절세하려면 공동명의 및 금액의 배분과 시기조절 등을 잘하라.
- 모든 세금의 비용공제는 입증서류가 꼭 필요하니 거래내용장부와 각종 영수증 등을 반드시 잘 챙겨 보관해 두어라.
- 상업용 부동산의 신축과 분양·매매·임대 등을 할 경우에 건물부분은 10% 부가세를 납부·환급·추징을 하니 꼭 참고하라.
- 일반과세자 사업을 할 때는 1년에 2번 부가세신고납부를 해야 한다.
- 사업자등록을 신청하는 기한은 사업개시일로부터 20일 이내이다.

- 모든 조세는 법률주의로 근거과세와 실질과세원칙을 적용한다.
- 이혼을 할 때는 재산분할방법의 협의 또는 청구로 현금과 부동산 등을 정리해야 양도세와 증여세를 줄이고 피할 수 있다.
- 모든 세금의 고지와 부과 및 징수에 억울함이 있으면 ① 이의신청 ② 심사청구 ③ 심판청구 ④ 행정소송 등 '법절차'를 잘 따르라.
- 세무조사는 ① 일반세무조사 ② 조세범칙조사 등으로 나눈다.
- 세무조사방법은 ① 일반조사 ② 특별조사 ③ 추적조사 ④ 확인조사 ⑤ 긴급조사 ⑥ 서면조사 등으로 나눈다.
- 조세범칙조사는 처벌을 목적으로 수색영장과 강제조사로 한다.
- 세금문제로 관재구설이 발생하면 재빠르게 '운세점(占)'을 꼭 보아라.
- 또한 기업의 법인들은 각종 '세액공제'와 최근 10년간의 '결손금이월공제' 등으로 법인세를 줄여라.
- 세금을 자진신고와 납부를 하지 않으면 가산세와 가산금이 붙는다.
- 모든 국민의 개인과 법인은 세금을 안내면 재산을 압류 당한다.
- 모든 국민의 개인과 법인은 금융의 빚을 지면 재산을 압류 당한다.
- 자기소유등기의 부동산과 재산이 있는 사람은 법을 잘 지켜라.
- 삶을 여유롭게 잘 살려면 모든 경제활동과 신용관리를 잘하라.
- 경제활동과 신용관리를 잘하려면 '돈 관리'를 잘 해야 한다.
- 신용카드와 할부 구입은 10~20% 고금리 이자를 더 부담한다.
- 빚내어 장사하면 10중 7은 빚을 더 지고 망하게 된다.

- 빚내어 투자한 사람 10중 8은 빚을 더 지고 망하게 된다.
- 빚을 돌려막기 하는 사람 10 중 9는 빚을 더 지고 꼭 망한다.
- 부동산 임대와 상장회사들의 평균수익률은 연 6%선이다.
- 돈 재정수입이 적거나 없는 사람이 연 10% 이상 이자를 물어줄 경우에는 대부분 빚이 점차로 더 늘어나고 결국에는 망하게 된다.
- 어떠한 경우에도 개인사채와 캐피탈사대출 및 저축은행과 제3금융 등 대부업체의 '고금리 이자' 돈은 절대로 빌려 쓰지 말라.
- 특히, 금전의 빚은 원금과 이자 그리고 이자의 이자까지 복리식으로 계속 불어나고 빚은 죽을 때까지 따라 다닌다.
- 명심하라! 빚과 이자는 당신이 잠을 잘 때도 계속 불어난다.
- 어떠한 경우에도 수입이 없는 사람은 사채와 신용카드를 사용 말라.
- 어떠한 경우에도 젊은 사람들은 범법자·전과자가 되지 말라.
- 신용을 한번 잃어버리면 평생 동안 경제활동을 못 할 수 있다.
- 한 번 잘못으로 전과자가 되면 평생 동안 사회활동이 어렵다.
- 삶이 억울하거든 지금부터라도 다시 시작을 하라.
- 어떻게든 성공출세하여 부자가 꼭 되어라.
- 가난한 사람들은 하늘 신(神)들께 기도를 많이 하라.
- 고통받는 사람들은 하늘 신(神)들께 속죄를 많이 하라.
- 전생의 죄업이 풀리면 새로운 운(運)이 열리는 법이다.
- 그리고 속죄와 기도 응답을 들어주는 신(神)은 따로 있음을 알라.

- 반드시 기도의 응답을 주시는 신(神)을 꼭 찾으라.
- 세상살이 세상법은 알면 피할 수 있고, 모르면 당할 수 있다.
- 세상의 이치는 아는 만큼 보이니 모르는 것은 배우고 또 배워라.
- 모든 국민은 헌법에 행복추구의 권리가 있고 신체의 자유, 표현의 자유, 주거의 자유, 직업의 자유, 종교의 자유·계약의 자유·사랑의 자유·사생활의 자유 등이 있다.
- 모든 국민은 그 나라의 헌법과 기본 3법을 알아야 하고 또한 모든 종교인은 그 종교의 종헌과 종법을 알아야 한다.
- 모든 사람은 민법·형법·상법 등 '기본법률'은 꼭 알아야 한다.
- 모든 사업가와 회사의 임직원은 '회사법'을 꼭 알아야 한다.
- 모든 영업과 장사 등 상업을 하는 사람은 '상법'을 꼭 알아야 한다.
- 대형 건물상가와 아파트 입주인은 '집합건물법'을 꼭 알아야 한다.
- 법을 어긴 모든 법률행위는 원인무효와 취소가 가능하다.
- 중요한 의사전달은 내용증명 또는 핸드폰 문자 등을 이용하라.
- 사고사건 등 문제가 발생할 때는 반드시 '물증 확보'를 잘하라.
- 민사소송을 당하면 30일 이내에 반드시 '답변서'를 써 내어라.
- 민사재판은 ① 소장 ② 답변서 ③ 준비서면 ④ 재판의 순서이다.
- 답변서·준비서면·상소장·항고장 등은 정말로 잘 써내야 한다.
- 소송을 할 때는 먼저 '관련법률'과 '대법원판례'를 꼭 참고하라.
- 판결·결정·명령서 등 서류를 받고 불복이의가 있을 때는 해당 법

원 또는 기관에 반드시 '이의신청서' 등을 내어라.

- 국가나 공공기관의 잘못 처분이 있을 때는 행정심판청구 또는 행정법원이나 지방법원 행정재판부에 '행정소송'을 내어라.
- 민사사건·형사사건·행정사건은 번지수가 다르니 꼭 문의를 하라.
- 살인·방화·강도·강간·상해·아동성폭행 그리고 계획성과 고의성이 있는 형사범죄는 처벌과 형벌이 강하니 반드시 조심을 하라.
- 형사범죄의 성립은 행위와 결과가 '인과관계'로 꼭 맞아야 한다.
- 범죄처벌은 대가와 인과의 성립 및 구성요건에 들어맞아야 한다.
- 모든 소송과 재판을 할 때는 주장을 하는 사람이 확실한 증거와 법률조항으로 반드시 입증을 해야 하는 '입증책임'이 따른다.
- 모든 사고와 사건 관련으로 조사·수사·재판을 받을 때 사실과 진실의 증거들은 아주 중요하니 계약서·차용증·영수증·입금증·핸드폰문자·내용증명·사진·동영상·진단서·진료기록부·대화녹음·회의록·결의서·녹취록·공증서·합의서 등의 '물적 증서'는 보관을 잘하고 필요할 때 제출을 꼭 하여라.
- 경찰서나 검찰에서 조사받을 때 불리하면 '묵비권'을 행사하라.
- 함정수사는 법률규정위반이니 위법으로 무효를 주장하라.
- 모든 피의자와 피고인은 증거인멸 또는 도주의사가 없을 경우 구속적부심사와 보석청구를 잘하라.
- 체포·구속의 적부심사와 보석청구는 변호사·법정대리인·배우자·

직계친족·형제자매·동거인·고용주 등등이다.

- 경찰서나 검찰에서 피의자 신문조서 진술서를 작성할 경우에는 진술내용을 다시 자세히 읽어보고 진술내용이 사실과 다르거나 또는 빠진 내용이 있거나 또는 이의가 있을 경우에는 반드시 수정 및 보완을 요구하고 마지막 확인 후 무인을 찍어라.

- 처음 진술이 잘못되었다고 생각되거나 또는 고문·협박·회유·강요 때문에 잘못 진술을 했을 경우에는 공개재판을 받을 때 재판장 앞에서 사실대로 꼭 말을 잘 하여라.

- 재판장 앞에서의 진술과 변론은 가장 확실한 증명력이 되어준다.

- 재판은 증거에 의한 진실관계 및 인과관계의 법률적용에 의한다.

- 형사재판과 모든 재판을 받을 때는 사실과 진실의 '실체적 증명'이 중요하니 잘 모르는 것은 모른다고 답하고, 기억이 안 나는 것은 기억이 안 난다고 답하고, 애매한 것은 제정신이 아니었다 또는 착오했다 또는 죄가 되는 줄 몰랐다 또는 우발적이었다 등등으로 답을 하고, 자신에게 유리한 것은 메모를 하면서 끝까지 차근차근 정황과 증거들로 변론을 잘 해야 한다.

- 재판을 받을 때 검사의 유도심문이나 상대방 및 증인이 거짓말 등을 할 때는 즉시 '이의신청합니다' 등 의사표현을 반드시 말하라.

- 재판을 받을 때는 진술과 답변을 잘하고, 증거신청과 증인신청을 잘하고, 그리고 사무관이 기록을 잘하도록 유도를 잘하라.

- 민사·형사·행정·이혼·유산 상속 등 모든 소송은 신중을 기하라.
- 기본법률지식을 모르면 변호사에게까지도 사기를 당할 수 있다.
- 모든 소송에서는 패소를 당한 사람이 소송비용을 물어낸다.
- 모든 송사문제는 합의로 조정 및 화해를 하는 것이 최선책이다.
- 남성들은 자기절제로 성추행과 성폭행죄 등을 특별히 조심하라.
- 중요한 사람들과 위험한 일을 하는 사람들은 CCTV와 녹음의 도청 및 감청장치들에 항상 주의를 기울여라.
- 일반사람이 남의 일을 봐 줄 때 '변호사법 위반'을 조심하라.
- 명예훼손죄는 형사와 민사로 함께 처벌을 받으니 함부로 남을 공개적으로 지나친 비방이나 인터넷의 댓글 등은 꼭 조심을 하라.
- 사기죄는 처음부터 돈을 갚을 뜻도 능력도 없으면 성립된다.
- 저작권·특허권·상표권 등은 매우 중요하니 불법사용을 조심하라.
- 금전의 이해관련 민사소송은 가처분·가압류부터 먼저 해두어라.
- 소송을 승소하더라도 '사전보전조치'를 안 해두면 또는 패소자나 채무자가 배 째라 해버리면 받을 방법이 없다.
- 재판의 심리와 변론이 종결되었을 경우라도 잘못이 있거나 또는 새로운 증거가 있을 경우에는 즉시 '변론재개신청'을 꼭 하라.
- 원심판결이 억울하거든 꼭 상소를 하고, 억울함과 부당함에 대한 사실증거와 법리해석 및 판례 등으로 '상소이유서'를 잘 써내어라
- 상소이유서 내용으로는 사실오인·양형부당·법령위반·절차위반·

기존의 판례와 다름 등등이니 잘못된 부분을 찾아내어 이유를 잘 만들어라.

- 노력은 중요하다 그러나 운을 알고 노력을 하는 것은 더욱 중요하다.
- 운이 나쁘거나 잘 모를 때에는 모든 판단과 결정을 '보류'시켜라.
- 분노 등의 감정이나 오해가 있을 때에는 모든 결정을 '보류'시켜라.
- 현재의 상황에서 누가 '갑'인지 또는 '을'인지 분석을 잘 해보아라.
- 감정이 평정되고 정확한 판단이 생길 때에 비로소 결정을 내려라.
- 이해다툼과 송사문제가 생길 때에는 아주 '신중'을 기하라.
- 진실은 스스로 증명을 하니 진실한 사람은 반드시 승리를 한다.
- 모든 재판의 재판장은 '실체적 진실발견'의 권리와 의무가 있다.
- 또한 재판을 할 때는 단 한 사람이라도 억울한 판결이 없어야 한다.
- 행위 중에서 ① 정당한 행위 ② 정당방위 ③ 긴급피난 ④ 자구행위 ⑤ 피해자의 승낙 ⑥ 공공의 이익 ⑦ 일시오락성 도박 ⑧ 점유자의 자력구제 ⑨ 폭력 또는 협박에 의한 강요행위 ⑩ 심신상실상태의 행위 등은 처벌받지 않는다.
- 이혼의 정당한 사유는 외도·폭행·학대·부양포기·3년 이상 가출·부부성관계의 고의적 거부 및 성관계의 결함 등 경우이다.
- 이혼을 할 수 있는 방법은 협의이혼·조정이혼·소송이혼 등이다.
- 이혼의 위자료는 부부관계를 깬 쪽이 줘야 하고 적은 금액이다.
- 이혼의 재산분할은 부부관계를 깨뜨린 쪽도 청구할 수 있다.

- 이혼의 재산분할은 두 사람 결혼생활 중 재산형성의 기여도에 따르고 일반적으로 60 : 40 정도가 될 수 있다.
- 결혼과 이혼 및 재혼 그리고 송사 등 문제는 인생에 아주 중요하다.
- 결혼과 이혼 및 재혼 또는 별거 및 합가 그리고 송사 등의 인생문제들은 사전에 분야별 전문가와 어른에게 '상담'을 꼭 받으라.
- 삶을 잘 살려면 선입견 및 편견과 고정관념 등을 꼭 없애라.
- 여성들은 착한 마음과 부드러움 및 애교짓으로 남심을 꼭 얻으라.
- 여성들은 부드러움이 근본이고, 남성들은 강함이 근본이다.
- 여성들은 지성스러움과 품격을 위해 스스로 노력을 많이 하라.
- 모르는 것은 배우고, 잘못 오해하고 있는 것들은 이해를 하라.
- 인생살이에서 남·여의 결혼은 행복과 성공에 가장 중요하다.
- 대한민국은 현재 초혼과 재혼의 혼인신고가 일년에 약 30만 쌍이고, 이혼신고는 약 10만 쌍으로 '결혼운'은 정말로 중요하다.
- 결혼을 잘하면 인생살이 50%는 저절로 성공을 하게 된다.
- 결혼을 잘하려면 먼저 타고난 '결혼운과 궁합'을 꼭 봐야 한다.
- 궁합을 볼 때는 원진살·상충살·상형살·상파살을 꼭 피하라.
- 자궁살·과부살·백호살·도화살이 있는 여성과는 결혼을 피하라.
- 역마살·방탕살·처첩살·빈천살이 있는 남성과는 결혼을 피하라.
- 신경정신이상의 빙의살·종교세뇌의 맹신살·현실성과 사리판단력이 부족한 저능살이 있는 사람과는 결혼을 반드시 피하라.

- 영매적 무녀신(巫女神)끼를 타고난 여성과는 결혼을 피하라.
- 사주팔자 운명 속에 업(業)이 들어있는 사람과는 결혼을 피하라.
- 사주팔자 운명 속에 살(殺·煞)이 많은 사람과는 결혼을 피하라.
- 부모가 이혼을 했거나 과부·홀아비·큰 질병·큰 사고·범죄꾼·술중독·마약중독·도박중독·가정폭력·무능력·가난 그리고 수명이 단명한 집안의 자녀와는 결혼을 피하고, 이미 결혼을 해 버렸으면 반드시 '개운법'으로 예방과 치료의 '대비책'을 꼭 세우라.
- 부모조상의 DNA 유전인자적 '핏줄운내림'은 90% 이상 적중한다.
- 모든 사람은 천성유전자와 후성유전자를 함께 알아야 한다.
- 금생에 당신이 생각하고 보고 듣고 먹고 느끼고 기억하고 이해하고 깨닫고 그리고 행복과 고통 및 불행 등 모든 것들은 '후성유전자형성'에 반드시 영향을 미친다.
- 사람의 후성유전학에서 부모님의 원죄는 자식으로 또 유전된다.
- 사람의 후성유전자의 변형은 3대의 자식에게까지 영향이 미친다.
- 큰 질병과 큰 충격의 트라우마도 자식에게까지 영향을 미친다.
- 칠성줄로 태어난 사람은 사주와 이름을 꼭 팔아주어라.
- 칠성줄로 태어난 사람은 신불(神·佛) 앞에 촛불을 항상 밝혀라.
- 칠성줄로 태어난 사람은 20살까지 수명을 꼭 이어주어라.
- 칠성줄로 태어난 사람과 종교인 및 신자들은 개고기를 먹지 말라.
- 특별한 자기조상이나 영혼들은 강아지로 가장 많이 환생을 한다.

- 칠성줄이란 영적으로 특별한 기운을 핏줄인연으로 태어난 영혼들로서 종교성·천재성·영성·불성·영매성·허약성 등을 의미한다.
- 사람의 삶이란 영혼들이 전생·현생·래생을 살아가는 과정이다.
- 사람의 죽음은 육체와 심령체가 잠시 분리되는 과정이다.
- 사람의 죽음은 또 다른 형태의 삶속으로 들어가는 '입문식'이다.
- 죽음의 순간에 갖는 마지막의 생각과 마음은 다음 생에 영향을 미친다.
- 임종 직후의 영혼들은 당분간은 생전의 습성을 그대로 유지한다.
- 사람은 죽을 때 3혼으로 갈라지고 7백으로 흩어진다.
- 사람은 죽으면 7일에서 49일 동안에 다음 생으로 들어간다.
- 저승세계를 다스리는 신(神)들은 6대천존·도면존자·무독귀왕·6대천왕·명부10왕·16판관·3원장군·37귀왕 등 약 250위 신(神)들이 다스린다.
- 위 중 명부에는 10대 대왕들이 관할을 한다.
- 영혼들의 진화단계는 7단계까지 등급이 있고, 신(神)들의 세계인 하늘의 높낮이는 33층까지로 되어 있다.
- 사람의 혼(魂)은 인간도·아수라도·아귀도·지옥도·천상도·축생도·삼악도 등 앞 전생(前生)에 지은 대로의 인과응보에 따라서 다음 생을 계속 또다시 살아간다.
- 지금, 살아 있을 때 영혼·죽음·종교의 진실 등을 꼭 공부해 두어라.

- 영혼이 몸을 떠나면 혼령이 되고 다시 혼령이 몸에 들어오면 영혼이 되니 '혼'이란 것이 이승과 저승을 왔다 갔다 할 뿐이다.
- '자살'은 글자를 거꾸로 하면 '살자'인 것이고 강한 의사표현이다.
- 자살을 한 사람의 영혼들은 99% '원한 귀신'이 되어 버리고, 남아 있는 가족들에게 반드시 나쁜 '살(煞) 작용'을 한다.
- 특히, 부모나 형제 그리고 자식이 자살을 할 경우에는 집안에 '자살발생'이 또 일어나고, 정신질환이나 사고발생이 일어날 수 있다.
- 어떠한 경우에도 자살을 하는 것은 최악의 '영혼범죄'이다.
- 세상의 모든 죄는 자기 영혼의 전생 죄와 자기 부모님의 죄가 인과법칙과 천륜 법칙에 따라 '업작용'으로 죄가 유전되기 때문이다.
- 진실과 섭리 그리고 진리와 법칙들은 옛날과 오늘이 다르지 않다.
- 세상의 죄와 벌 그리고 두려움에서 신화와 종교가 발생된다.
- 세상의 모든 종교와 믿음의 목적은 그 본질이 '구복신앙'이다.
- 종교는 진실과 진리의 가르침과 깨달음이 그 본질이다.
- 신앙은 믿음과 따름으로 구제와 구원받음이 그 본질이다.
- 믿음은 신뢰로써 반드시 평화와 행복이 뒤따라야 한다.
- 지금까지 세상의 모든 민족과 나라는 저마다의 신화와 종교를 만들고 다양한 방식으로 신앙과 기도를 하며, 지구상에는 지금껏 약 7,000개의 신화가 있고 약 5,000개의 종교가 있었다.
- 종교를 믿는 것은 신자나 불자가 되기 위한 것이 아니고, 예수님처

럼 부처님처럼 자기성찰과 깨달음으로 '완성'을 이루기 위함이다.

- 모든 종교의 경전과 성경 그리고 예언서들은 그것이 쓰여진 시기 와 장소 그리고 시대적 배경을 고려해서 '상징해석'을 잘 해야 한다.
- 세계 종교의 뿌리는 자라투스트라의 '조로 아스터교'이고, 가장 순수한 신앙은 원초적 '자연숭배토템'이다.
- 창세기 때 노아·아브라함·이삭·야곱 그리고 고대사회는 모두 '돌제단'을 쌓고 제사를 드렸고, 돌단과 돌탑은 인류 태초 때부 터 현대에까지 자연 속에서 인간이 신(神)들을 향한 기도와 제사 의 표현 수단이다.
- 종교들의 삼위일체설과 신자성육설(神子成肉設-하늘신이 사람으 로 지상에 태어나는 교설)은 대다수 종교들의 교리이고, 약 5,000 년 전 고대이집트의 '오시리스신앙' 때부터이고 진짜 환생도 있다.
- 불교는 고대인도의 자이나교 영향을 많이 받고 탄생을 했고, 자이 나교는 윤회와 업 그리고 인과응보를 강조했으며 오직 고행적 수 행을 통한 깨달음과 해탈을 목표로 하고 최고로 높은 수준의 철 학적 종교였으나 너무 어려워 대중적이지 못했다.
- 기독교는 고대 이집트와 고대 인도의 종교들을 바탕으로 만들어 지고 발전되어 왔으며, 고대 종교들의 경전과 성경 내용의 은유법 과 비유법들은 상호 유사한 부분이 너무나 많다.
- 수억 년 이상의 지구와 수만 년의 구석기·신석기 시대부터의 인류

의 역사와 조로아스터교부터의 종교의 역사를 살펴 볼 때 2,000년 정도의 역사를 가진 현대 종교들은 '시대흐름의 과정'일 뿐이다.

- 지금 한 시대를 함께 살아가는 시절인연법으로 이 글을 쓰고 책으로 엮어 전달하지만 조금 지나면 이것 또한 시대의 과정일 뿐이다.

- BC 1~6세기경에는 인류의 위대한 스승들 즉 석가모니·노자·공자·장자·소크라테스 등이 탄생하여 지성과 언어가 최고로 왕성하였으며, 그것이 오늘날 약 2,500년 동안까지 살아서 존재하고 있고, 그 효력은 3천년까지이다.

- 현대의 대표적인 종교 불교의 경전은 옛날시대 2,500년 전 석가모니 불 사후 약 100년에서 700년 사이에 결집을 통하여 쓰여졌고, 석가모니의 탄생 및 성장과 출가 및 도 닦는 과정과 성도로 부처님이 되어 활동한 행적과 가르침을 기록한 것이다.

- 현대의 대표적 종교 기독교의 성경은 아주 옛날시대 약 2,000~3,000년 전에 쓰여졌고, 전해 들었고 숨겨놓은 기록들을 찾아내어 다시 결집한 유대민족의 기록 및 예언과 유대민족 메시아 그리스도의 탄생과 활동한 행적 그리고 가르침을 기록한 것이다.

- 모든 종교의 경전들은 그 당시의 그 지역과 그 민족만을 위한 '시대상황기록'과 함께 종교적 가르침을 비유법과 은유법 등 상징적 표현으로 경종과 가르침을 주려하였고, 불교는 스스로 깨달음을 통한 해탈과 구원을, 기독교는 믿음을 통한 구원을 주장

할 뿐이다.

- 인류의 성현들께는 그 가르침에 따라서 '깨달음'을 얻어야 하고, 살 아서나 죽어서나 믿는 것은 오직 신(神)을 믿어야 한다.
- 아미타불은 본래부터 스스로 존재하는 하늘신(天神)이시다.
- 하느님은 본래부터 스스로 존재하는 하늘신(天神)이시다.
- 신(神)을 만나고 제사를 드리는 '성소'는 높은 곳에 짓고 깨끗하라.
- 모든 기도처와 성소에는 항상 불(촛불)을 켜 놓아라.
- 모든 기도처와 성소에는 촛불·향·소금·제물을 항상 준비하라.
- 특히, 촛불은 세상을 밝혀주는 불밝힘의 빛을 상징한다.
- 인간 최고의 능력자를 불교에서는 부처·도사·선지식이라 하고, 기독교에서는 영사·선지자·예언자·인도자라 한다.
- 사람들은 종교들의 가르침과 예언들에 대해 '진실성'을 알아야 한다.
- 특히, 이슬람은 '평화'를 뜻하니 모든 테러행위를 멈춰야 한다.
- 종교신앙의 강요행위와 테러행위는 종교의 본질이 아니다.
- 종교신앙은 존경심과 신뢰의 믿음이므로 스스로의 선택이다.
- 어떠한 종교도 믿음과 신앙을 강요해서는 안 된다.
- 모든 종교들은 하늘의 뜻에 어긋나서 죄를 지으면 안 된다.
- 사람이 사람을 죽이는 자살테러 등의 행위는 가장 큰 죄이다.
- 사람들은 종교가르침의 원본인 말씀과 경전을 잘 해석하라.
- 특히, 요한계시록은 예수님과 함께 형벌의 집행으로 예수님은 먼저

십자가에 못 박혀 죽고, 제자 요한은 에게해의 밧모섬으로 유배를 가고 지하 감옥 동굴에서 원망과 분노의 심정으로 로마제국멸망 등의 수많은 저주와 소아시아 여러 신도들의 고난의 위로 그리고 예수님의 재림과 구원 등을 기록한 '묵시록'일 뿐이다.

• 요한묵시록의 짐승과 악마는 아주 옛날시대 그 당시 침략자 로마 제국의 통치자와 로마군대이다.

• 요한묵시록의 진짜 해석과 의미는 나쁜 악은 반드시 패망을 당하고, 착한 선은 결국 승리한다는 하느님의 '권선징악'의 가르침인 것이다.

• 하느님이 아마겟돈 대전쟁을 일으켜 전 세계 수십억명의 사람들을 다 죽이고 하느님을 믿는 자 14만 4천명만 구원한다는 말세론과 종말론과 구원론 등은 거짓기록이고 '종교 정치적' 나쁜 해석이다.

• 기독교의 종말론은 기원전 8세기경에 예언자 아모스가 신의심판과 이스라엘의 종말을 고하고, 호세아와 이사야가 새로운 세계의 탄생을 고하면서부터 처음 시작되었으며, 기독교의 종말론은 과거 유대민족 이스라엘의 예언일 뿐이며 그리고 이스라엘은 2,000년간 나라 없는 백성이었다.

• 종말론의 진짜 개념은 전쟁과 질병 그리고 자연현상들의 모든 재앙을 예측과 예언으로 '준비와 대비를 잘하라'는 취지이다.

• 초창기의 성서는 히브리어와 그리스어로 기록이 되었고, 여러 번 편

집과 수정을 하고 각 나라의 말로 번역을 하고 또 다시 수정과 번역을 해서 지금까지 10번 이상 내용수정 및 변경으로 '변질'이 되어 버린 종교 정치적으로 공동 번역한 것이 오늘날의 성경책이다.

- 본래의 성서는 유대민족 이스라엘의 '역사서'이고, 유대의 땅은 페르시아·그리스·이집트·시리아·로마제국에게 1,000년 동안 식민 지배를 받았고, 처참한 식민 지배를 받으면서 자신들을 해방시켜 주고 구원을 해주는 메시아를 간절히 희망했던 것이며, 요한묵시록의 메시아론은 이미 옛날에 끝난 것이다.

- 유대민족 이스라엘 백성은 애굽 땅에서 400년간 노예생활로 고통을 받았고, 모세의 인도로 애굽 땅에서 도망치는 것이 출애굽이다.

- 세상은 인류 역사 이래 계속 큰 질병이 발생해 왔고 또 계속해서 질병이 발생할 것이며 또한 역사 이래 계속 전쟁을 해 왔으니 몽골제국·로마제국·대영제국은 침략과 전쟁으로 사람을 많이 죽였고, 스페인 제국은 중앙아메리카 원주민을 많이 죽이고 잉카문명 등을 말살해 버렸으며, 중세기 기독교의 십자군과 독일의 나치군 그리고 일본제국과 아메리카 제국의 미국 등도 현대전쟁으로 엄청난 살상을 했는 바 침략과 핍박의 피해를 당하고 처참한 식민 지배를 당하는 약소민족과 약소국가의 입장에서는 '침략자'들이 바로 악마들이고 저주의 대상인 것이다.

- 잘못된 믿음 행위의 자살테러·전쟁·강요 등은 '범죄행위'이다.

- 사회 및 경제활동을 안 해본 성직자들은 세상물정을 잘 모른다.
- 자기 종교와 교리만 강조하는 성직자의 말은 결코 따르지 말라.
- 모든 종교의 성직자들은 정치에는 신경쓰지 말고, 종교 본연의 성직 직무에만 온전하게 힘을 쓰라.
- 종교의 성직자들은 심신의 수양과 세상의 평화에 힘을 쓰라.
- 종교의 성직자들은 모범적 언행으로 사람들이 스스로 따르게 하라.
- 오늘날의 모든 종교들은 종교권력화와 허례허식의 의식진행과 교리공부 때문에 종교의 본질이 너무나 많이 '변질'되어 버렸다.
- 오늘날의 모든 종교들은 '어린아이 사탕발림의 말'처럼 달콤한 말과 성경과 경전들의 구절 중 유리한 것만 인용할 뿐이다.
- 세상의 모든 종교는 '교리해석의 차이'로 교파가 많이 나누어지고, 기득권을 가진 교단에서는 자기들과 다르면 이단이고 사이비라 한다.
- 종교의 본질에서 이단은 '다르다'는 뜻이고, 사이비는 '올바르지 않다'는 뜻이며, 신(神)들의 뜻에 합당치 않으면 그것은 모두 이단이고 사이비이다.
- 바람직한 종교는 긍휼과 사랑과 자비와 평화를 가르쳐야 한다.
- 평화를 헤치는 모든 정책·교육·사상·종교 등은 모두 나쁘다.
- 이슬람교와 기독교는 현재까지 '1,000년 전쟁'이 계속되고 있다.
- 이슬람의 IS테러 행위와 종교이념의 갈등과 분쟁은 계속된다.
- 모든 종교이념의 갈등과 종교 전쟁은 '잘못가르침'들 때문이다.

- 가장 좋은 종교는 '깨달음과 구원'을 함께 가르치는 종교이다.
- 가장 올바른 신앙은 나도 부처님처럼, 나도 예수님처럼의 '닮음'이다.
- 종교의 창시자와 성자들은 모두가 하나같이 '깨달음'을 강조한다.
- 신자와 신도가 신통력이 생기고 깨달음을 얻으면 교회나 사찰을 떠나게 되니 대다수의 교회나 사찰에서는 절대로 그 방법을 가르쳐 주지도 않고 또한 가르쳐줄 능력도 없다.
- 종교에 푹 빠져 미친 사람의 영혼들은 그 종교로는 결코 구원받지 못하고, 맹신적 신앙은 점점 세뇌가 되어 계속 미쳐만 갈 뿐이다.
- 미친 사람의 영혼들은 더욱 빠져들어 스스로는 결코 헤어 나오질 못하고, 평생 동안 종교적 '노예'가 되어 계속 손해만 당할 뿐이다.
- 종교에 미치거나 귀신들린 사람은 똑같은 정신질환자이다.
- 종교 맹신자와 귀신들림 등은 모두 전생과 조상의 업(業)내림이다.
- 발달장애·자폐증·우울증 등은 그 그원이 모두 업(業)내림이다.
- 전생과 조상의 업(業)내림은 '업살풀이와 영혼치유'를 꼭 받아라.
- 업살풀이와 영혼치유는 영사와 도사가 최고 전문가이다.
- 신(神)끼 제거와 퇴마의식은 영사와 도사가 최고 전문가이다.
- 기도응답과 문제 해결 등은 영사와 도사가 최고 전문가이다.
- 아픈 곳을 못 고치는 병원에 계속 다니는 것은 어리석은 것처럼, 기도응답이 없는 숭배를 계속 하는 것은 가장 어리석은 짓이다.
- 삶의 개선이 없는 종교 신앙은 그 대상과 방법을 즉시 바꾸어라.

- 귀에 거슬리는 말일수록 '좋은 약'이니 그 말에 진심으로 감사하라.

- 사람이 세치 혀로 사람을 속일 수 있지만 신(神)을 속이지는 못한다.

- 조금 더 유식한 사람이 무식한 사람을 속일 수는 있어도 신통력을 지닌 사람을 결코 속일 수 없다.

- 신통력을 지닌 사람은 그 신(神)들께 무엇이든 물어볼 수 있다.

- 신통력을 지닌 사람은 자기영혼을 고급 영혼체로 만들 수도 있다.

- 사람의 영혼들은 '영혼체'로 존재를 하고, 영혼체는 유체이탈로 공간이동을 하고, 어디든 다녀올 수도 있다.

- 신앙은 깨달음과 구원이 목적이고 종교들은 '도구'일 뿐이다.

- 인간의 삶에 가장 큰 영향을 미치는 것은 '자연섭리법칙'이다.

- 자연의 섭리를 깨우치고 도(道)를 깨달아 스스로 '영혼진화'를 하라.

- 정신개벽과 의식혁명으로 자기 자신의 영혼구원을 스스로 하여라.

- 깨달음을 많이 얻고 고급 영혼이 되면 영혼진화가 되어 간다.

- 영혼진화가 계속되면 스스로 '영혼구원'이 이루어진다.

- 너무나도 귀중한 삶을 그냥 따르기만 하는 신자가 되고 싶은가? 또는 깨달은 자·현자 그리고 성자 등 '성취자'가 되고 싶은가?……

- 영적 스승 '성취자'들은 승천과 환생을 마음대로 할 수 있다.

- 영적 스승 '달라이라마'는 현재 14번째 환생을 하고 있다.

- 삶을 들러리로 살고 싶은가? 주인공으로 살고 싶은가?……

- 일반사람들은 일상적 표면의식만 인식을 하고, 명상가와 현자·성

자들은 무의식과 잠재의식 그리고 우주의식까지 인식을 한다.

- 하늘자연의 신(神)들은 스스로 존재하고 영원하지만, 종교는 영원하지 않고 탄생과 성장 그리고 멸망으로 변화해 나아간다.
- 모든 종교의 본질은 깨달음과 자기성찰로 '완성'을 위함이다.
- 천기초월명상으로 신통을 해보면 종교의 진실들을 알 수 있다.
- 인간의 삶에 구원과 완성을 위해서는 '좋은 종교'가 필요하다.
- 좋은 종교란 사람들의 정신을 끌어올려 향상시켜 주어야 한다.
- 좋은 종교란 깨달음의 보람과 기쁨을 주고 평화를 주어야 한다.
- 좋은 종교란 육체의 구제와 영혼의 구원을 함께 해 주어야 한다.
- 좋은 종교란 평화와 행복 그리고 '대자유'를 이루게 해 주어야 한다.
- 모든 종교들의 가르침에서는 카르마업(業)의 원리에 따라 '절대착함'을 배우고 그 착함의 실천을 행하도록 해 주어야 한다.
- 현대사회의 종교는 모두 '생활실천종교'로 발전, 변화되어야 한다.
- 일반상식과 예의범절을 벗어난 종교행위들은 모두 죄악이다.
- 현생의 삶에 종교와 신앙이 다르다고 해서 그 어떤 신상(神像)에도 나쁜 짓거리는 절대로 삼가고 또한 예의를 갖춰라.
- 모든 숭배의 신상(神像)들을 훼손한 자는 반드시 '응벌'을 받는다.
- 남의 종교와 신상(神像)에 대해서 배척의 마음이 생기는 사람은 그만큼 마음이 좁은 사람임을 스스로 증명하고 있는 것이다.
- 속 좁은 나쁜 종교세뇌 노예로부터 벗어나 '큰마음'을 가져라.

- 큰 마음을 가진 사람은 모든 것을 이해하고 포용을 한다.
- 현생의 삶과 종교 및 신앙은 전생(前生)의 인연법일 뿐이다.
- 종교의 본질을 벗어난 사탕발림의 거짓 교리들은 따르지 말라.
- 석가모니부처님 이후 2,500년 동안 성불을 이룬 사람은 1명도 없었고, 예수님 부활 이후 2,000년 동안 부활된 사람은 1명도 없었다.
- 성불이란 많은 깨달음으로 7신통·8해탈·10지승을 이룬 도통인격체와 전지전능의 경지를 일컫는다.
- 부활이란 많은 깨달음으로 달걀껍질을 깨뜨리고 병아리가 나오듯, 번데기가 껍질을 벗고 나방이 되듯 영적으로 거듭나서 완전 자유로움의 경지가 되는 것을 일컫는다.
- 휴거란 많은 깨달음으로 영혼진화가 많이 된 고급 영혼들만 하늘천국 중에서 최고로 좋은 '하늘궁전'으로 끌여올려준다는 것을 일컫는다.
- 하늘천국에는 그냥 하늘나라인 '천국'이 있고, 그냥 보통하늘집인 '천당'이 있고, 최고로 좋은 하늘궁전인 '천궁'이 있다.
- 최고로 좋은 천년왕국의 하늘궁전을 '극락세계'라 일컫는다.
- 최고로 좋은 천년왕국 하늘궁전에는 극소수만 올라간다.
- 성불·부활·휴거·하늘승천·구원받음 등은 깨달음을 많이 이룬 '완성자'와 착한 일 선행을 많이 한 '선행자'만 가능하다.
- 극락세계 천년왕국 하늘궁전으로 승천을 하려면 반드시 영사(靈師)

의 가르침과 도사(導師)의 인도를 잘 받으라.

- 모든 공부와 종교의 목표는 많은 '깨달음'을 얻기 위함이다.
- 모든 종교신앙의 궁극적 목표는 영혼진화와 영혼구원이다.
- 이젠, 깨달음과 기도응답이 동시에 이루어지는 '기도법'을 꼭 배우라.
- 오직 한 번뿐인 귀중한 현생의 삶을 노예처럼 살지 말라.
- 오직 한 번뿐인 귀중한 현생의 삶을 '주인공'으로 꼭 살아가라.
- 깨달음을 이루면 세상의 진실과 진리가 훤히 다 보인다.
- 우리가 살고 있는 지구별은 또다시 3번째 지구자전축 기울기의 변동으로 만년설과 극점의 얼음 및 빙하가 녹고, 대류와 해류가 변하면서 혹독한 추위와 더위가 발생하고, 폭우와 폭설 그리고 폭풍이 빈발하고, 지진과 해일 및 화산폭발이 심해지고, 금세기에 가장 큰 자연재해의 '대재앙'이 발생한다. 대재앙을 종교들에서는 말세다 하고 종말이 온다라고 또다시 사람들을 겁박하고 있다.
- 종교들의 종말론은 2천년동안 수십 차례나 거짓 주장을 반복했다.
- 유일신과 종말론 그리고 영혼부정론이 성서 일부의 큰 잘못이다.
- 인류에게 가장 무서운 재앙은 '바이러스' 등으로 급작스레 번지는 큰 질병과 '원자폭탄' 등의 큰 전쟁 그리고 강추위·무더위·폭우·폭풍·지진·해일·화산폭발·해수면 상승 등 '자연재해' 등이다.
- 현대인류에게 가장 큰 재앙은 '바이러스'와 지구의 '온난화'이다.
- 14세기 중반에 발생했던 '흑사병'은 유럽인구의 절반이 죽었고, 조

선왕조 500년 동안에 '전염병'이 약 150회 발생했었고, 1918년 '스페인독감' 때는 약 4,000만 명이 죽었고, 1968년 '홍콩독감' 때는 약 100만 명이 죽었다.

- 지구 온난화의 주범은 이산화탄소이고 메탄과 블랙카본 등이다.
- 이산화탄소와 메탄·블랙카본 등의 배출을 반드시 줄여라.
- 지구 온난화가 가속되면 이상기후와 기후대격변이 발생된다.
- 기후대격변이 발생하면 엄청난 '자연재앙'이 뒤따른다.
- 바이러스와 온난화는 줄일 수는 있겠지만 결코 피할 수는 없다.
- 전쟁과 질병 그리고 지진·화산폭발·태풍·홍수 그리고 무더위와 강추위 및 빙하기와 해빙기 등은 지구별의 '운명작용'이다.
- 하늘은 이 세상이 어려움에 처할 때마다 반드시 전령자와 인도자를 내려 보내고 지구와 인류를 구제하려고 한다.
- 모든 재앙들로부터 구제를 받으려면 전령자와 인도자를 꼭 만나야 하고 그 가르침에 따라 그 운때를 잘 피하라.
- 인간들의 '원죄'는 본래가 자기 전생과 자기 조상의 '업(業)죄'이다.
- 카르마 업(業)은 육체를 가지고 있을 때만 만들어진다.
- 낙태수술로 애기영혼을 죽인 영혼살인자인 여성들은 대부분 그 애기영혼들의 저주와 벌을 꼭 되받는다.
- 낙태수술 경험이 있고 남편복이 없거나 또는 자궁질환의 큰 병이 생기거나 또는 애기꿈을 자주 꾼 여성들은 반드시 자궁살풀이와

태아영혼 '해원천도재'를 반드시 해주어라.

- 낙태수술을 많이 행한 산부인과 의사들은 인생종말이 꼭 안좋다.

- 사람을 주인 살인자들은 '인과응보'로 인생 종말이 꼭 안 좋다.

- 모든 죄와 가난 및 질병의 고통으로부터 구제를 받으려면 반드시 '인도자'와 '치유자'를 잘 만나야 하고, 자기 자신 및 전생과 조상의 '속죄'를 꼭 받아야 한다.

- 죽을 때의 두려움과 죽은 후의 지옥행으로부터 영혼구원을 받으려면 반드시 '전령자'와 '인도자'를 만나고 가르침을 따라야 하며 먼저 '대행자'로부터 면죄의 '표식'을 꼭 받아둬야 지옥행을 면한다.

- 진정한 구제와 구원을 받으려면 몸뚱이의 속죄와 영혼의 속죄가 함께 이루어져야 하고, 핏줄적 천륜인 조상과 후손 및 자기 자신 그리고 전생의 속죄와 현생의 면죄가 함께 이루어져야 한다.

- 몸뚱이의 속죄는 살풀이로 정화를 꼭 받아야 하고, 영혼의 속죄는 업풀이로 정화를 꼭 받아야 한다.

- 완전한 속죄 및 면죄와 구원을 받으려면 신(神)께 헌신을 행하라.

- 자기 자신의 영혼을 위해 기꺼이 신(神)께 헌신을 꼭 행하라.

- 혼(魂)은 영혼이 되고 혼령이 되는 인간의 본체이고, 영혼이든 혼령이든 살아있을 때나 죽어서나 영원히 '신(神)의 영향'을 받는다.

- 이 세상에 태어나 가장 잘 사는 합리적 성공의 삶은 ① 영혼 ② 건강 ③ 재물을 함께 '삼위일체'로 성공시키는 방법론의 실천이다.

- 이 세상에서 가장 훌륭한 공덕은 사람을 잘 살게 해주는 것이다.
- 이 세상에서 가장 지혜로운 가르침은 '운(運)'을 알려 주는 것이다.
- 삼천대천세계에서 '진리'를 가르쳐 주는 것이 가장 큰 공덕이다.
- 창세기 인류의 태초 때부터 모든 신(神)들께 제물을 받치는 '제사 의식'은 인간의 '기본 도리'이고 신(神)과의 '근본 도리'이다.
- 특히 서양종교 기독교에는 5대 제사가 있었는바 ① 번제 ② 소제 ③ 화목제 ④ 속죄제 ⑤ 속건제 등이 있고, 불교에도 천도재와 수륙재 등이 있다.
- 특히 속죄제(업살풀이의식)는 자기 전생 영혼 때와 지난날의 모든 잘못을 '죄사함' 받는 아주 중요한 특별의식이다.
- 자기 자신의 후천운을 좋게 하려면 제대로 '조상님해원천도재'를 꼭 해드리고, 조상해원천도와 제사는 가장 큰 효도행위이다.
- 살아있을 때 자신 자신의 '생전천도재'를 꼭 한 번 해두어라.
- 생전천도재(예수시왕생칠재)는 현생에서의 소원성취와 죽을 때의 천국극락왕생 및 사후명복을 함께 이루는 최고로 귀중한 기도법이다.
- 시대가 바뀌어도 조상님제사는 조부조모 '3대 봉사'는 기본이다.
- 인생살이는 기본에 충실하고 하늘자연의 섭리는 꼭 따르라.
- 사람의 타고난 사주팔자운명은 하늘자연의 인과의법칙이다.
- 사주팔자 운명은 타고나니 나쁜운 작용들은 '대응'을 잘하라.
- 운명에 '역마살'이 들어있는 남성은 한 분야만 오랫동안 잘하라.

- 운명에 '도화살'이 들어있는 여성은 스스로 절제를 많이 하라.
- 운명에 '이혼살'이 들어있는 사람은 진심과 능력을 꼭 갖춰라.
- 운명에 '파산살'이 들어있는 사람은 평생동안 자산관리를 잘하라.
- 운명에 '장애살'이 들어있는 사람은 평생동안 몸수관리를 잘하라.
- 운명에 '성급살'이 들어있는 사람은 매사에 신중성을 많이 가져라.
- 운명에 '공상살'이 들어있는 사람은 항상 바쁘게 많이 움직여라.
- 운명에 '과격살'이 들어있는 사람은 항상 인내심을 많이 가져라.
- 운명에 '고독살'이 들어있는 사람은 친화력과 인맥관리를 잘하라.
- 운명에 '맹신살'이 들어있는 사람은 종교와 신앙을 꼭 멀리하라.
- 운명에 '영매살'이 들어있는 사람은 평생동안 기도 생활을 잘하라.
- 운명에 '단명살'이 들어있는 사람은 큰 보험가입을 꼭 해두어라.
- 운명에 '전생업살'이 들어있는 사람은 평생동안 선행을 많이 하라.
- 운명에 '핏줄업살'이 들어있는 사람은 평생동안 공덕을 잘 쌓으라.
- 사람의 타고난 사주팔자 운명은 전생과 조상들의 '인과응보'이다.
- 영혼들은 전생(前生)의 선행과 악행 그리고 질적인 등급에 따라 유유상종의 '핏줄인연'이 따른다.
- 유유상종의 핏줄인연은 인과응보에 따른 '천륜법칙'이다.
- 세상의 만사와 만물은 지은 대로 되받고, 뿌리는 대로 거둔다.
- 영혼들은 죽지 않고 수백년과 수천년을 '윤회'할 뿐이다.
- 반드시 깨달음을 많이 얻어 더 나은 쪽으로 '윤회'를 잘해 나아가라.

- 깨우치고 깨달음을 많이 얻어 도통과 해탈로 잘 나아가라.
- 인생살이에는 근본의 도리가 있고 자식된 도리는 가장 중요하다.
- 태어난 성씨를 바꾸거나 족보를 모르는 사람은 가장 큰 '불효'이다.
- 천륜의 핏줄 조상님께 불효한 사람은 90%가 운(運)이 나빠진다.
- 또한 타고난 성씨를 바꾼 사람은 대부분 운명도 바뀌게 된다.
- 이 세상에서 '핏줄 족보'에 가장 신경 쓰는 민족은 배달민족이다.
- 핏줄족보에서 돌림자인 항렬은 '오행상생'을 꼭 따르고, 수생목·목생화·화생토·토생금·금생수로 연결해서 이름을 지어라.
- 후천운을 좋게 하고자 할 때 '이름 작용'은 정말로 중요하다.
- 이름을 지을 때는 부모와 아이 사주를 함께 보고 작명을 하라.
- 이름을 지을 때는 글자표현과 부르기 좋은 이름을 작명하라.
- 이름을 지을 때는 의미와 이미지가 좋은 글자로 작명하라.
- 자녀의 이름을 지을 때는 부모 이름자가 안 들어가야 하고, 획수 숫자가 좋아야 하며, 형제자매사촌과 동명이 안 되게 지어야 한다.
- 이름을 지을 때는 반드시 운(運)을 좋게 작명하라.
- 이름을 지을 때는 반드시 복(福)이 따르게 작명하라.
- 모든 이름은 처음 지을 때 잘 지어야 하고, 나쁘다고 생각이 들거나 운이 안 풀리고 복이 안 따르거든 반드시 '개명'을 하라.
- 모든 이름과 상호의 작명·개명은 반드시 '전문가'에게 맡겨라.
- 밤하늘의 별만큼 많은 이름들 중 북극성 같은 이름을 지어라.

- 모든 성명과 상호의 이름들은 고유의 기운 이미지를 전달한다.
- 상호작명은 무슨무슨 최고 전문가라는 '이미지'가 떠오르게 하라.
- 손님과 고객은 상호이름을 보고·듣고 그리고 연락을 해 온다.
- 잘 지은 상호이름은 고객을 창조하고 연결시키는 출발점이다.
- 유명인이 아니거든 간판과 상호에 사업주 이름을 넣지 말라.
- 상호이름은 회사와 상품이 잘 연상되도록 '특징적'으로 지어라.
- 브랜드 상표는 로고·색상·글자꼴·언어·이미지가 중요하다.
- 로고는 시각적 시선과 기억이 잘 되도록 '특징적'으로 만들어라.
- 상표와 로고는 등록을 해서 독점사용과 관리를 잘하라.
- 회사와 가게의 상표 및 로고는 사업과 영업의 중요한 자산이다.
- 사업과 영업을 잘하려면 웹사이트 이름을 잘 지어라.
- 웹사이트 이름은 하는 업무 또는 상품과 연상 및 연결이 잘 되고, 짧고, 철자표현이 정확하고, 쉽고, 정체성 있게 잘 지어라.
- 웹사이트 도메인은 대중이 선호하는 것으로 하고 등록을 잘하라.
- 도메인등록 및 사용은 유효기간 날짜를 넘기지 말고 사전에 갱신 또는 자동갱신을 신청해서 계속 사용을 잘하라.
- 사업 및 영업과 직업은 멀리보고 철저히 계획과 준비를 잘하라.
- 성공을 하려면 ① 목표 ② 계획 ③ 준비 ④ 실천을 꼭 따르라.
- 젊은이여! 커다란 꿈과 야망 및 신념을 가슴속에 불태워라.
- 늙은이여! 희망과 정열 그리고 사랑을 가슴속에 불태워라.

- 꿈과 희망 그리고 정열과 사랑은 위대한 창조이고 행복이다.
- 생명창조는 오직 살아있는 사람의 사랑행위 때문이다.
- 생명창조의 사랑행위는 인간최고의 권리이고 의무이다.
- 사랑행위는 살아있음의 존재감 표현의 최고수단이다.
- 사랑행위는 즐거움과 행복을 안겨주는 최고의 선물이다.
- 생명의 불꽃이 꺼질 때까지 많이많이 사랑하고 또 사랑을 하라.
- 죽을 때까지 또는 죽어서까지 잊지 못할 사랑의 추억을 만들어라.
- 사랑하기 위하여 행복하기 위하여 지금 살아있는 것이다.
- 사랑과 행복 그리고 자아실현을 위해서는 반드시 건강을 챙겨라.
- 건강을 잘 유지하는 것이 성공과 행복조건의 제1순위이다.
- 평생 동안 일만 해온 사람은 은퇴 후 꼭 '긴 여행'을 떠나라.
- 여행은 자유와 휴식을 주고 많은 깨달음을 안겨준다.
- 특히 질병치유의 기도여행은 바위산이나 바닷가로 떠나라.
- 홀로 산길과 바닷길로의 '트레킹'은 생각과 건강까지 챙겨준다.
- 몸과 뇌기능을 최상의 상태로 유지하는 것은 '걷는 것'이다.
- 건강관리조차 못해 내는 사람은 결코 성공출세를 할 수 없다.
- 몸매와 체중관리를 못하는 사람은 의지가 약한 게으름뱅이다.
- 건강을 잃은 사람은 행복과 모든 것을 함께 잃게 된다.
- 삶을 100세 이상 잘 살려면 '아침 밥 먹기'를 꼭 실천하라.
- 식사는 규칙적으로·골고루·적당히 '식사3대원칙'을 잘 지켜라.

- 사람에게는 무엇을 어떻게 먹는가가 평생건강을 좌우한다.
- 음식물의 품질과 먹는 방법이 평생건강을 좌우한다.
- 과음·과식·폭음·폭식·편식·불규칙식사는 나쁜 식사법이다.
- 나쁜 식습관과 나쁜 생활습관을 개선하면 평생 동안 잘 산다.
- 수술이나 투약보다 나쁜 식생활습관부터 먼저 '개선'을 꼭 하라.
- 나쁜 식생활습관의 개선은 모든 질병의 치유이고 예방이다.
- 양약이든 한약이든 모든 약은 독이고, 독은 해독을 해야 한다.
- 약물치료는 해당 부위는 낫게 하지만 다른 부위를 손상시킨다.
- 사람의 몸은 스스로 항상성을 유지하려는 '자율기능'이 있다.
- 사람의 몸은 식생활만 잘하면 스스로 '자연치유'가 가능하다.
- 건강상태가 나빠진다고 생각되면 즉시 '식생활습관'부터 고쳐라.
- 모든 질병은 나쁜 유전성과 나쁜 식생활습관 때문이다.
- 신선한 식재료에는 스스로 살아있는 '생명에너지'가 많이 들어 있다.
- 살아있는 생명에너지가 풍부한 신선한 야채 및 해초와 과일 그리고 신선한 생육고기와 생선회를 꼭꼭 오랫동안 잘 씹어서 먹으라.
- 신선한 식품을 생으로 먹으면서 생명에너지를 많이 섭취하라.
- 살아있는 생명에너지는 열 가열에 약하니 싱싱할 때 생으로 먹으라.
- 아무리 좋은 음식물이라도 필요 이상 섭취하면 독이 될 뿐이다.
- 한 번에 1인분 최대 200g 이상 육류섭취는 절대로 먹지 말라.
- 성공과 출세로 부자가 된 사람은 '쾌락시스템'이 작동된다.

- 입으로의 달콤함과 몸으로의 안락 및 즐거움을 스스로 '절제'하라.
- 스스로의 절제로 관제구설 및 망신살과 건강을 잘 지켜라.
- 맛있는 음식과 술을 스스로 절제하는 사람은 강한 사람이다.
- 육고기와 생선을 먹을 때는 반드시 야채와 해초를 함께 먹으라.
- 육고기를 먹을 때는 마늘·양파·대파 등과 상추야채를 함께 곁들여 먹고, 생선을 먹을 때는 생강·고추냉이·깻잎 등과 해초류를 함께 곁들여 먹으라.
- 특히, 정신수행자들과 병역자는 음식을 잘 가려서 먹으라.
- 한국사람 최선의 식단은 곡류 33%와 과일·야채·해초류 33%와 고기류 33%의 '333 균형 비율'로 골고루 잘 씹어 먹으라.
- 우리 몸에 꼭 필요한 필수아미노산을 섭취하기 위해서는 동물성·해초류·대두콩·열매류 등 여러 가지를 '골고루' 먹어야 한다.
- 가장 좋은 식사법은 골고루 균형있게 또한 오랫동안 꼭꼭 잘 씹어 먹고, 조금 부족한 듯 먹어야 완전 소화흡수로 건강에 좋다.
- 가장 나쁜 식사법은 편식과 과식 및 패스트푸드식 그리고 성급하게 먹는 식사와 불규칙식사 및 밤늦게 야식 등으로 건강에 나쁘다.
- 음식을 먹을 때는 침분비가 많도록 오랫동안 꼭꼭 잘 씹어 먹으라.
- 말린 나물과 말린 건어물 및 육포 등은 산화식품이니 꼭꼭 씹어서 침분비가 많게 하고 중화를 시켜서 잘 삼켜야 건강에 좋다.
- 자연해초류 톳·김·미역·다시마·파래·청각 등은 좋은 식품이다.

- 생선은 흰 살 생선과 붉은 살 생선으로 구분하고 붉은 살 생선은 공기와 접촉하면 산화가 빠르니 생선은 신선할 때 먹으라.
- 모든 과일 및 열매와 근채소류는 '색깔을 골고루' 잘 먹으라.
- 흰쌀 백미보다는 현미잡곡쌀이 영양소가 더욱 풍부하다.
- 좋은 식사는 현미잡곡밥·김치·야채·버섯·해초류·고기 한 토막 등 골고루 꼭꼭 씹어서 먹고 식후에는 과일 한 조각을 꼭 먹으라.
- 밥은 골고루 백미·흑미·현미·찰미·납작보리·대두콩·강남콩·팥·녹두·귀리·조·수수·기장·율무·잣·은행·밤·대추·고구마·무우·곰취·곤드레·다시마·톳·기타 등등 무엇을 섞든 반드시 5가지로 밥을 지은 '5색5행5곡밥'이 최고로 이상적이다.
- 그러나 치료음식은 '사상체질'에 따라 잘 맞게 먹어야 한다.
- 좋은 피부를 가꾸려면 과음·과로·스트레스·우울·불면·변비·숙변 등을 없애라.
- 좋은 피부를 만들려면 생선과 동물의 껍질과 '콜라겐'을 먹으라.
- 좋은 피부를 가꾸려면 잠을 잘 자고 과일과 생수를 많이 마시라.
- 주방세제·비누·샴푸 등은 계면활성제가 들어있으니 거품이 없어질 때까지 충분히 잘 헹구어라.
- 평생 건강을 위해서는 아침기상 후 아침식사 1시간 전과 저녁 잠들기 1시간 전에 생수 1컵을 계속해서 평생 동안 꼭 마시라.
- 운동 및 일을 할 때 등 하루 7차례 이상 조금씩 '생수'를 꼭 마시라.

- 사람은 3일(72시간) 동안 물을 못 마시면 죽을 수 있다.
- 어떠한 위험에 처할지라도 물은 꼭 챙기고 마셔라.
- 붕괴 등 매몰이 될 경우에도 우줌물을 우선 마셔라.
- 바다나 산속에서 조난 당할 경우에도 꼭 물을 마셔라.
- 사람은 물을 마셔야 살 수 있고, 생수는 최고의 생명수이다.
- 자연 생수는 미네랄이 풍부하고 가장 좋은 '생명에너지원'이다.
- 시판중인 과일주스·탄산음료·청량음료 등 가공음료에는 자연비타민·미네랄 등 생명에너지가 적은 나쁜 음료이다.
- 인공첨가제를 넣은 가공식품들은 대다수가 나쁜 식품들이다.
- 가열 및 가공을 한 죽은 음료보다는 살아있는 음료 천연 자연의 '생수'를 마시라.
- 생수는 몸속에서 영양분 운반과 노폐물 배설을 잘 시킨다.
- 생수는 장에서 바로 흡수가 되고 혈액에 산소공급을 잘하여 몸속 구석구석의 지방을 잘 태우니 다이어트와 건강에 아주 좋다.
- 비만은 유전적 요인과 나쁜 식생활습관이 95%이고, 비만의 유전성과 나쁜 식생활습관만 치유받으면 95% 개선할 수 있다.
- 다이어트로 살을 **빼려면** 꼭 생수를 마시고, 음식을 오래 씹어 먹고, 운동을 계속하고, 과식을 하거나 야식을 먹지 말라.
- 병원의 환자들도 가공음료수보다는 생수를 꼭 마시라.
- 페트병 생수는 신선도가 중요하니 '제조 날짜'를 꼭 확인하라.

- 건강관리는 무엇을 어떻게 먹는가가 평생 동안 중요하다.
- 착색제 및 표백제와 방부제를 첨가한 식품은 절대로 먹지 말라.
- 임산부는 알코올·커피·잔류농약·방부제첨가 음식물을 먹지 말라.
- 상온에서 부패하지 않은 음식물은 모두가 '방부제' 첨가 식품이다.
- 식품첨가제는 대다수가 '화공물질'로써 우리 몸에는 나쁘다.
- 제초제와 살균제·살충제 및 탈취제 등 화공물질이나 오염물질 및 중금속이 들어있는 상품들은 우리 몸에 해로운 나쁜 상품들이다.
- 조금 불편하더라도 이로운 자연물질 및 생약 사용을 검토하라.
- 육류는 농약 및 항생제와 인공사료를 먹인 것보다는 무농약볏짚 및 자연방목 등으로 잘 키운 질 좋은 것으로 골라 먹으라.
- 생선은 항생제와 인공사료를 먹인 것보다는 '자연산'을 골라 먹으라.
- 조금 비싸더라도 유기농 재배 또는 자연산 식품을 골라 먹으라.
- 과일이나 채소는 햇볕을 듬뿍 받고 자연 노지에서 유기농 재배로 키운 제철에 생산한 것이 우리 몸에 가장 좋은 식품들이다.
- 밀가루는 흰 밀가루보다는 통밀가루가 천연영양소가 풍부하다.
- 설탕은 백설탕보다는 황설탕·흑설탕이 천연영양소가 풍부하다.
- 소금은 좋은 물 미네랄성분이 풍부한 '자연천일염'이 가장 좋다.
- 동양체질은 밀가루·설탕·육류 등을 반드시 적게 먹으라.
- 발효식품은 살아있는 효소 생명에너지가 많은 좋은 식품이다.
- 인체는 장내에 발효균과 유익균이 없으면 생명유지를 못한다.

- 인체의 장내에는 식이섬유섭취와 효소로 '유익균'을 잘 유지하라.
- 매 끼니마다 반드시 한두 가지 '발효식품'을 함께 꼭 먹으라.
- 무병장수를 하려면 '전통재래식' 된장·간장·김치 등을 꼭 먹으라.
- 모든 사람에게는 자기 나라의 '전통발효식품'은 아주 좋은 것이다.
- 모든 열매와 과일은 자연이 만든 위대한 '생명에너지' 선물이다.
- 열매와 과일 그리고 뿌리근채소와 자연식품 등은 위대한 자연이 만들고 영원히 살려고 하는 생명에너지가 가장 풍부하게 들어있다.
- 생명에너지가 많이 들어있는 좋은 식품들을 골라서 잘 먹으라.
- 이 세상에서 가장 훌륭한 의사는 자연식품과 좋은 식사법이다.
- 이 세상에서 가장 훌륭한 의사는 적당한 노동과 좋은 운동법이다.
- 이 세상에서 가장 훌륭한 의사는 활짝 웃음과 좋은 마음이다.
- 이 세상에서 가장 훌륭한 의사는 자연과 신(神)의 '기 치유법'이다.
- 삶을 살다가 정신적으로, 육체적으로, 영적으로 힘이 들거나 또는 변화를 주고 싶거든 자연기후가 좋을 때 1주일 또는 1개월 정도 특별기간을 정해서 오직 나 홀로 말없이 '묵언'으로 산길 또는 바닷길을 트레킹하면서 걷고 또 걷고를 한 번씩 해보라. 최고의 '자연치유'가 될 것이다.
- 육체의 질병만 치료하는 것이 의사가 범하는 가장 큰 잘못이다.
- 진정한 치료와 치유는 육체와 마음 및 영혼까지 함께 다뤄야 근원적 완벽한 치료와 치유가 되는 것이다.

- 사람에게는 치료와 치유가 중요하지만 '예방'은 더욱 중요하다.
- 한국의 10만 명 이상의 의사와 약사는 '바이오헬스케어' 분야의 사업에 관심과 도전을 해보라.
- 전세계 블록버스터의 '항체바이오신약' 연구와 개발을 해보라.
- 바이오기업 세계 1위 '제넨텍'은 연간매출이 약 20조 원이다.
- 또한 한미약품과 계열회사는 신약개발과 수출로 2015년도에 회사 주식의 주가가 약 500% 상승을 했다.
- 대학의 생명공학부들은 산학협력으로 '바이오벤처'를 적극 창업하라.
- 100살 이상 건강하게 잘 살려면 '식생활습관'을 잘 길들여라.
- 노년이 될수록 거꾸로 '약물과다복용'을 꼭 줄여나가라.
- 숨쉬는 공기는 중요하니 모든 사무실 및 주거용 건물은 가끔씩 창문을 열고 '실내환기'를 꼭 시켜라.
- 질병의 예방과 치료는 좋은 것을 잘 먹고 잘 움직이는 것이다.
- 사람은 살아있는 동안까지는 운동과 노동을 계속해야 한다.
- 사람은 하루 30분 이상과 1주일에 3일 이상 또는 1주일에 하루 종일 등등 살아있는 동안은 규칙적으로 계속 '운동'을 꼭 하라.
- 자기 자신의 몸매관리와 건강관리를 못한 사람은 성공과 출세가 어렵고 또한 부자와 행복도 누릴 수 없다.
- 몸을 따뜻하게 하면 면역력이 높아지니 항상 '체온'을 유지하라.
- 사람의 몸은 24시간 기준과 약 90분 주기의 생체리듬이 스스로

호르몬의 흐름을 제어해 '신체시스템'에 영향을 미친다.

- 식사 후 또는 피곤할 때 그리고 졸릴 때는 꼭 '휴식'을 취하라.
- 휴식과 잠은 면역력을 강화하니 잠잘 때는 '숙면'을 꼭 취하라.
- 휴식과 숙면은 기운을 보충해 상승사이클 때 최대 활용을 한다.
- 생체리듬에 따라 낮에는 일을 하고 밤에는 반드시 잠을 자라.
- 호흡은 코로 하고 가끔씩 심호흡과 복식호흡으로 개선을 하라.
- 긴장이 되거나 또는 화가 날 때는 심호흡을 몇 번씩 해 보라.
- 깊은 심호흡을 하면 감정과 마음이 가라앉는다.
- 호흡을 조용히 느리게 하면 수명이 30% 이상 연장된다.
- 매일 대변은 1번씩, 소변은 5번 이상으로 배출을 잘 시켜라.
- 흡연·과음·과식·과로·스트레스는 질병과 암을 유발시킨다.
- 큰 질병과 암을 고치려면 즉시 전생과 조상의 '나쁜 업'을 풀어라.
- 불치병과 난치병 등 큰 질병에 걸린 것은 90% '업살' 때문이다.
- 부모님과 형제 그리고 자식 등 가족이 한 많게 죽은 집안은 꼭 '해원천도'를 해주어라.
- 장애아가 태어남은 그 어머니와 아이의 '전생 업(業)' 때문이다.
- 장애아를 출산한 어머니는 평생동안 공을 닦고 '업장소멸'을 꼭 하라.
- 낙태살인을 한 어머니는 '낙태혼령해원천도'를 꼭 해주어라.
- 꿈속에서 '아이꿈'을 잘 꾸는 사람은 아이혼령들의 저주 때문이다.

- 모든 핏줄내림병은 그렇게 죽은 조상과 환자를 꼭 '함께 치유'하라.
- 모든 불치병·신경정신병·귀신병 등은 '영혼치유'를 꼭 행하라.
- 자신이 종교에 푹 빠졌다고 생각이 들면 '영혼치유'를 꼭 받으라.
- 영혼치유는 모든 질병과 고통들의 근본치유책이고 예방책이다.
- 영혼치유와 진화 및 구원으로의 인도는 영사(靈師)가 전문가이다.
- 영혼과 혼령들의 깨달음으로의 인도는 도사(導師)가 전문가이다.
- 금생에 사람의 몸으로 태어난 한 인간의 삶의 평가는 '어떤 방식으로 죽음을 맞이하는가?'에 전적으로 달려있다.
- 인생살이 최대의 실패는 죽을 때 지옥행으로 떨어지는 것이다.
- 세상살이 모든 것은 준비·대비·대응을 잘 해야 성공을 이룬다.
- 기업가와 사업가들은 자녀들 중에서 금전재물운과 건강수명운 등 가장 운(運)이 강한 자녀를 '후계자'로 삼을 줄 알아야 한다.
- 기업가와 사업가들의 자녀들은 '후계자운과 상속운' 등을 사전에 반드시 알아두어야 인생의 큰 삶을 성공할 수 있다.
- 모든 기업과 사업은 '오너의 운(運)'이 중요하니 자기 자신의 운(運)을 알아야 그리고 운(運)이 좋아야 '큰 성공'을 이룬다.
- 국가와 기업의 지도자들은 예리한 관찰과 다양한 관점으로 오늘과 100년 앞을 함께 바라보는 '통찰력'을 꼭 가져야 한다.
- 21세기 중반쯤에는 물과 식량이 국가전략산업이 될 것이다.
- 모든 농업·축산업·수산업·산림업 등은 '6차 산업'으로 나아가라.

- 생산과 가공 및 유통까지 잘해서 부가가치를 최대한 높여라.
- 모든 가정과 기업 및 국가는 경제와 생산성 및 효율성이 중요하다.
- 경제적 풍요와 사회적 평화가 모두에게 '행복'을 가져다준다.
- 시간을 지배하라. 그렇지 않으면 시간이 당신을 지배한다.
- 감정을 지배하라. 그렇지 않으면 감정이 당신을 지배한다.
- 마음을 지배하라. 그렇지 않으면 마음이 당신을 지배한다.
- 무병장수를 하고 싶거든 입·코·뇌로 '생명에너지'를 흡입하라.
- 우주자연의 생명에너지를 흡입하는 가장 좋은 방법은 '명상'이다.
- 명상을 할 때는 호흡과 오감을 통하여 '의식'을 일치시켜야 한다.
- 호흡은 몸의 조절장치이고, 호흡을 의식하면서 관찰로 알아차리면 점차 평온해지고, 호흡이 평온해지면 몸이 이완이 되면서 마음이 평온하게 된다.
- 명상은 인체의 감각신경들을 '자신의 내부'로 향하는 연습이다.
- 명상과 참선은 감각과 인식하는 마음을 잘 '관찰'하는 것이다.
- 명상과 참선을 할 때는 먼저 호흡의 들숨과 날숨의 관심과 집중을 하고, 호흡을 안정시키면서 서서히 느낌과 생각을 멈추고, 표면 의식을 버리면서 고요적정으로 몰입을 하고, 무아지경의 대적정이 되면 이제 자신을 하늘자연에 맡겨라.
- 명상과 참선은 의식세계를 조절하여 모든 무의식의 세계를 이끈다.
- 사람의 뇌는 과거 경험들과 인식의 데이터베이스이다.

- 사람의 뇌는 자동적으로 학습을 하고 패턴을 인식해 나간다.
- 사람의 뇌는 인식과 학습을 기억 속에 저장을 해 나간다.
- 사람의 기억은 당신이 잊더라도 다른 곳에 보관이 되어 있다.
- 잠재의식 속에는 지난 전생과거의 기억들이 모두 저장되어 있다.
- 사람은 의식과 잠재의식이 합칠 때 최고의 지혜 완성이 된다.
- 명상과 참선 등을 하면 잠재의식을 표면의식으로 끌어 낼 수 있고, 의식은 표면의식에서 잠재의식·순수의식·우주의식으로까지 무한정으로 개발할 수 있다.
- 오관을 통한 마음작용의 끝에는 '순수본성'의 존재가 또 있다.
- 오관의 감각적인 지각이 끝나는 그곳은 초월자리이고 우주의식이다.
- 감각과 생각의 의식을 초월한 순수의식 및 우주의식으로 끌어 올리는 방법이 '천기초월명상법'이다.
- 천기초월명상은 하단전 중단전에서 상단전 '명궁'에 집중을 한다.
- 천기초월명상을 하면 점점 순수의식이 되고 우주의식이 되어진다.
- 천기초월명상의 우주의식으로 살펴볼 때 우주에는 태양처럼 스스로 빛을 내는 '항성'들이 있고, 항성의 주위를 도는 '행성'들이 있으며, 지구별처럼 생명체가 살고 있는 곳은 5군데가 존재하고, 곧 증명이 될 것이다.
- 천기초월명상을 하면 부처님과 하느님의 '실존'을 확인할 수 있다.
- 천기초월명상을 하면 시·공을 초월해서 무엇이든 알아낼 수 있다.

- 천기초월명상을 하면 '만트라'를 써서 무엇이든 원하는 대로 할 수 있다.
- 천기초월명상을 하면 자기의식체를 마음대로 조종할 수 있다.
- 천기초월명상을 하면 의식을 가진 채로 멋지게 잘 죽을 수 있다.
- 천기초월명상을 하면 조용한 활동과 느리게 하는 호흡으로 하루 한 끼니 식사와 공기와 생수로 누구나 100살 이상 살 수 있다.
- 천기초월명상을 하면 '환희의식'이 되어 항상 기쁨을 누린다.
- 천기초월명상을 하면 세상의 최고 높은 '지존'이 될 수 있다.
- 천기초월명상을 하면 마음대로 하늘로 올라갈 수 있고, 또한 마음대로 환생과 부활을 할 수 있다.
- 천기초월명상은 모든 종교의 교주들과 성자(聖者)들이 깨달음과 절대자유로 '자기 구원'을 이룬 최상법이었다.
- 천기초월명상법은 반드시 스승에게 가르침과 점검을 받아야 한다.
- 어떤 종교든 기도로 능력을 얻고 싶거든 '천기초월명상'을 하여라.
- 천기초월명상수련을 하면 자연스레 7가지 신통력이 생기고, 이마 가운데 제3의 눈이 열리고 스스로 '도통'을 얻게 된다.
- 생명에너지와 천기초월명상은 최고의 에너지원이고 또한 최고의 정신수련법이며 사람들이 마지막으로 찾는 것이다.
- 모든 사람은 자신의 지식 정도와 영적 능력에 따라 삶이 다르다.
- 또한 지식의 앎과 영적인 깨달음의 앎은 차원이 다르다.

- 자기 자신의 삶을 지적으로 영적으로 '등급의 질'을 높여 나아가라.
- 정신개벽·의식혁신·마음혁명을 스스로 만들어가라.
- 빈손으로 왔지만 빈손으로 가지 말라. 깨달음을 꼭 이루어라.
- 깨달음을 이룬 사람은 영원한 자유를 얻고 행복을 누린다.
- 시대가 바뀌어도 인간의 덕목 인·의·예·지·신은 꼭 지켜라.
- 삶의 지름길을 찾지 말고 항상 기본에 꼭 충실하라.
- 잘못을 알고도 고치지 않는다면 그것이 곧 가장 큰 잘못이다.
- 미움과 원망 및 분노와 저주의 나쁜 감정들을 스스로 없애라.
- 분노와 괴로움·근심·걱정·상심·우울 등은 모든 질병의 근원이다.
- 항상 스스로 감정과 마음을 가슴 높이로 평정을 잘 유지하라.
- 자제력으로 감정과 마음을 조절하는 사람은 가장 강한 사람이다.
- 세상에서 가장 강한 사람은 자기 자신을 이기는 사람이다.
- 세상에서 가장 근본은 본질이고, 가장 강한 것은 진리이다.
- 모든 본질과 진리를 깨달은 마음을 가진 사람은 가장 훌륭하다.
- 깨달은 사람과 현자들은 자기 자신의 수많은 과거 전생들을 기억하고, 앞날을 미리 알고, 우주자연의 진리들을 다 알 수 있다.
- 깨달음에는 1단계 지식의 깨달음, 2단계 지혜의 깨달음, 3단계 진리의 깨달음 등 단계별 깨달음이 있고, 이해하는 깨달음에서 궁극적인 이루는 깨달음의 실천으로 나아가라.
- 그러나 삶에는 어쩔 수 없는 불가피한 것들이 발생할 수 있다.

- 불가피한 것들은 받아들이면서 대응방법과 전략을 잘 세우라.
- 21세기 금세기에는 많은 '대재앙'들이 발생한다.
- 금세기의 대재앙은 바이러스 전염병과 지구의 이상기후이다.
- 금세기의 대재앙은 이슬람 원리주의 IS 무장단체의 자살테러이다.
- 금세기의 대재앙은 첨단무기들을 사용하는 세계 3차 대전쟁이다.
- 금세기의 세계 주도권은 미국과 미국 달러가 틀어쥐고 있다.
- 미국은 제2차 세계전쟁 후 달러를 세계 제1기축통화로 만들었다.
- 제1기축통화 미국 달러의 운용구조 및 가치와 유동성에 따라서 세계 경제는 호황과 불황이 반복된다.
- 미국의 경제정책과 금리정책에 따른 강달러와 약달러는 반복된다.
- 미국 달러의 국제자본순환구조에 따른 전 세계의 경제 변화 패턴을 분석 예측을 하면 패턴은 약 5~6단계이고, 사이클은 약 10년 주기이다.
- 미국이 강달러 추세로 기준금리 인상을 시작하면 신흥국 및 후진 국들은 금융위기·외환위기 등 더욱 '경제위기'가 닥친다.
- 신흥국들이 외환위기 및 금융위기로 혼란이 오면 눈 깜짝할 사이에 핫머니와 헤지펀드가 공격을 한다.
- 핫머니와 헤지펀드의 방어는 ① 선물환포지션 상한선 설정 ② 비예금성 외화 부채 부담금 부과 ③ 외화 건전성 부담금제도 등으로 '대응'을 잘해야 한다.

- 핫머니와 헤지펀드는 세계경제의 평화를 해치는 아주 나쁜 돈이지 만 글로벌 금융시장에서는 어쩔 수가 없다.
- 우리는 현재 경제위기와 생명위기의 재앙들 앞에 노출되어 있다.
- 금세기에 발생하는 대재앙들은 피할 수 없는 불가피한 것이다.
- 그래도 희망을 가져라, 희망은 그 자체로 성공을 낳는다.
- 역사를 잃어버린 민족과 망해버린 국가는 미래가 없다.
- 역사를 만들지 못한 민족과 국가는 더욱 미래가 없다.
- 우리는 역사를 잃지 말고 또한 역사를 계속 만들어가야 한다.
- 그래도 꿈을 가져라, 꿈을 품고 살면 꼭 이루어진다.
- 이 세상의 모든 현상은 '연기법'에 따라 조건적으로 생길 뿐이다.
- 대재앙 때는 많은 사람들이 죽지만 또한 살아남는다.
- 비록 금세기의 대재앙 때 수많은 사람들이 죽지만 오히려 영혼들의 세계로 빨리 돌아가는 길이기도 하니 그 준비를 잘하라.
- 대재앙으로 생명은 죽을지라도 혼(魂)은 죽지 않고 영생을 한다.
- 탄생과 죽음은 인과응보의 법칙이 따르니 최선으로 잘 살아가라.
- 삶이란, 지금 오늘의 선택과 행동을 어떻게 하는가이다.
- 21세기에 가장 잘 사는 성공적인 삶은 ① 건강 ② 부유함 ③ 영혼 구원을 함께 삼위일체로 성공시키는 방법론의 실천이다…….

이상 앞의 '평생 잘 사는 종합 삶의 지혜 인생잠언'의 좋은 글귀들은 불특정 다수의 일반 보통 사람들과 또한 분야별 최고 전문가들을 위해서 필자가 지난날 사업가로서 평생 동안 일하고 공부하고 체험한 것들이고, 또한 필자가 나이 들어서 삶의 가치관을 바꾸어 10년 동안 입산수도(入山修道) 생활을 하면서 '천기초월명상' 기도방법으로 신통과 도통을 하고 그리고 한국 최고 영혼들의 스승 영사(靈師) 겸 삶의 길을 잘 인도해 주는 스승 도사(導師)로 그리고 하늘의 전령자 겸 대행자로서 함께 가르침과 깨달음을 주고자 한 것들입니다.

앞에 기록·표현한 '인생잠언'들은 필자가 직감직필과 자동 서필로 순서 없이 그리고 의미 전달을 그대로 전하고자 수정 없이 엮었음을 참고해 주시길 바랍니다.

필자는 현재 정신세계와 영혼세계의 능력이 100조 원쯤 되는 나라의 국사(國師)급이고, 영적인 스승 영사(靈師) 겸 진리의 스승 도사(道師)로서 공익사업체 '한국인간개발연구원', '한국천기초월명상수련회', '대한민국함께발전포럼' 등을 이끌고 있고, 또한 한국 최고의 점술가 겸 예언가로서 '운명예언과 운(運)자문' 등을 해주면서 조용히 사회와 국가 및 인류 발전의 공익 활동을 하고 있습니다.

필자는 현재 한국 최고의 운명진단과 인생문제상담사입니다.

필자는 현재 서울 노원구 화랑로 355, 우남Ⓐ 101동 201호에 살고 있고, 서울지하철 1·6호선 석계역 ③번 출구 3m 앞에 위치합니다.

수많은 과거전생 때의 인연 및 현생의 인연과 사람들의 추천 등으로

이 책을 읽은 독자분들은 이 책을 읽은 후에 이 책을 사랑하는 가족이나 친지들에게 전달을 해서 꼭 돌려가면서 읽어보도록 해 주시기 바랍니다. 필자는 귀중한 이 책이 많은 사람들에게 전달이 되어 너무나도 귀중한 삶을 살아가는 데 등댓불이 되고, 지침이 되어 삶을 잘 사는 데 도움이 되어 주길 진심으로 바라는 바입니다.

이 책을 읽은 독자로서 '책의 내용이 참 좋구나!' 또는 '좋은 글귀와 가르침이 참 많구나!' 또는 '삶을 잘 살기 위해 꼭 필요하구나!'라고 생각이 되시면 추가로 이 책을 많이 구입을 해서 회사 직원·친구·배우자·자녀들에게 삶의 질을 끌어올려주기 위함과 성공출세와 부자가 되기 위함과 동시에 착한 선행으로 '책 선물'을 많이 해 주시길 바라는 바입니다.

21세기의 인생살이는 누구나 ① 부유함 ② 건강 ③ 영혼을 함께 '삼위일체'로 성공시켜야 가장 잘 사는 것입니다.

21세기 불확실시대에는 누구나 삶의 안목을 꼭 키워야 합니다.

이 책의 추가 구입 방법은 발행출판사 또는 전국 서점 또는 온라인 인터넷 서점 등에 '책 주문'을 하시면 누구나 책 구입이 가능합니다.

또한 이 책을 읽은 독자로서 더욱 상세하고 깊이 있는 관련분야를 알고 싶은 분은 필자의 저서 중 인문학 분야는 《삶의 공부》 책을 그리고 재테크 분야는 《평생 재테크》 책을 그리고 종교 분야는 《종교의 본질》 책을 꼭 한 번 읽어보시길 권유하고, 위 책들은 〈북갤러리〉 출판사에서 발행했음을 참고바랍니다.

　이상의 모든 내용들을 참고해서 유익하게 활용하시길 바랍니다.

　끝으로, 필자는 이 세상과 저 세상이 평화로운 세상이 되길 간절히 소망하고, 필자의 책을 한 번이라도 읽어본 사람들은 모두 성공출세와 부자가 되어 행복하시길 진심으로 축원하며, 그리고 이 책을 출판과 유통으로 독자들의 손에 건네준 많은 '선행자'분들께 진심으로 감사를 드리는 바입니다.

　다함께 잘 살고 행복한 아름다운 세상을 바라면서…….

서울 노원구 화랑로355, 서울 국사당에서 필자 전함
(010-5105-5000)